もくじ

装丁・藤田新策

さし絵・佐竹美保

少年探偵

少年探偵団

江戸川乱歩

黒い魔物《まもの》

そいつは全身《ぜんしん》、墨《すみ》を塗《ぬ》ったような、おそろしくまっ黒なやつだということでした。

「黒い魔物《まもの》」のうわさは、もう、東京中《とうきょうじゅう》にひろがっていましたけれど、ふしぎにも、はっきり、そいつの正体《しょうたい》を見きわめた人は、だれもありませんでした。

そいつは、暗闇《くらやみ》の中へしか姿《すがた》をあらわしませんので、何かしら、やみの中に、やみと同じ色のものが、もやもやと、うごめいていることはわかっても、それがどんな男であるか、あるいは女であるか、おとななのか子どもなのかさえ、はっきりとはわからないのだということです。

あるさびしいやしき町の夜番のおじさんが、長い黒板塀《くろいたべい》の前を、例《れい》のひょうし木《ぎ》*をたたきながら歩いていますと、その黒板塀の一部分《いちぶぶん》が、ちぎれでもしたように、板塀とまったく同じ色をした人間のようなものが、ヒョロヒョロと道のまんなかへ姿をあらわし、おじさんのちょうちんの前で、まっ白な歯《は》をむきだして、ケラケラと笑《わら》ったかと思うと、サーッと黒い風のように、どこかへ走りさってしまったということでした。

夜番のおじさんは、朝になって、みんなにそのことを話して聞かせましたが、そいつの

＊ 二つ打ち合わせて鳴らす長方形の小さな木

姿《すがた》が、あまりまっ黒なものですから、まるで白い歯《は》ばかりが宙《ちゅう》にういて笑《わら》っているようで、あんなきみの悪《わる》いことはなかったと、まだ青い顔をして、さも、おそろしそうに、ソッと、うしろをふりむきながら、話すのでした。

あるやみの晩《ばん》に、隅田川《すみだがわ》をくだっていたひとりの船頭《せんどう》が、自分の船のそばにみょうな波《なみ》がたっているのに気づきました。

星もないやみ夜《よ》のことで、川水は墨《すみ》のようにまっ黒でした。ただ櫓《ろ》が水を切るごとに、うす白い波がたつばかりです。ところが、その櫓の波とはべつに、船《ふな》ばたにたえず、ふしぎな白波《しらなみ》がたっていたではありませんか。

まるで人が泳《およ》いでいるような波でした。しかし、ただ、そういう形の波が見えるばかりで、人間の姿は、少しも目にとまらないのです。

船頭は、あまりのふしぎさに、ゾーッと背《せ》すじへ水をあびせられたような気がしたといいます。でも、やせがまんをだして、大きな声で、その姿の見えない泳ぎ手に、どなりつけたということです。

「オーイ、そこに泳いでいるのは、だれだっ。」

すると、水をかくような白い波がちょっと止まって、ちょうど、その目に見えないやつの顔のあるへんに、白いものがあらわれたといいます。

よく見ると、その白いものは人間の前歯《まえば》でした。白い前歯だけが、黒い水の上にフワフワとただよって、ケラケラと、例《れい》のぶきみな声で笑《わら》いだしたというのです。

船頭《せんどう》は、あまりのおそろしさに、もうむがむちゅうで、あとをも見ずに船をこいで逃《に》げだしたということです。

また、こんなおかしい話もありました。

ある月の美しい晩《ばん》、上野公園《うえのこうえん》の広っぱにたたずんで、月をながめていた、ひとりの大学生が、ふと気がつくと、足もとの地面《じめん》に、自分の影《かげ》が黒々とうつっているのですが、みょうなことに、その影が少しも動《うご》かないのです。いくら首をふったり、手を動かしたりしても、影のほうは、じっとしていて身動《みうご》きもしないのです。

大学生は、だんだんきみが悪《わる》くなってきました。影だけが死んでしまって動かないなんて、考えてみればおそろしいことです。もしや自分は気でもちがったのではあるまいかと、もうじっとしていられなくなって、大学生は、いきなり歩きはじめたといいます。

すると、ああ、どうしたというのでしょう。影はやっぱり動かないのです。大学生が、そこから三メートル、五メートルとはなれていっても、影だけは少しも動かず、もとの地面に、よこたわっているのです。

大学生は、あまりのぶきみさに、立ちすくんでしまいました。そして、いくら見まいと

しても、きみが悪《わる》ければ悪いほど、かえってその影《かげ》を、じっと見つめないではいられませんでした。

ところが、そうして見つめているうちに、もっとおそろしいことがおこったのです。その影の顔のまんなかが、とつぜん、パックリとわれたように白くなって、つまり影が口をひらいて、白い歯《は》を見せたのですが、そして、例《れい》のケラケラという笑《わら》い声が聞こえてきたのです。

みなさん、自分の影が歯をむきだして笑ったところを想像《そうぞう》してごらんなさい。世の中にこんなきみの悪いことがあるでしょうか。

さすがの大学生も、アッとさけんで、あとをも見ずに逃《に》げだしたということです。それがやっぱり、例《れい》の黒い魔物《まもの》だったのです。あとで考えてみますと、大学生は月に向《む》かっていたのですから、影はうしろにあるはずなのを、目の前に、黒々と人の姿《すがた》がよこたわっていたものですから、つい、わが影と思いあやまってしまったのでした。

そういうふうにして、黒い魔物のうわさは、日一日と高くなっていきました。

やみの中からとびだしてきて、通行人の首をしめようとしたとか、夜、子どもがひとりで歩いていると、まるで黒いふろしきのように子どもをつつんで、地面《じめん》をコロコロころがっていってしまうとか、種々《しゅじゅ》さまざまのうわさが伝えられ、怪談《かいだん》は怪談をうんで、若《わか》い

娘《むすめ》さんや、小さい子どもなどは、もうおびえあがってしまって、けっして夜は外出しないほどになってきました。

この魔物《まもの》は、むかしの童話《どうわ》にある、かくれみのを持っているのと同じことでした。かくれみのというのは、一度《ど》そのみのを身《み》につけますと、人の姿《すがた》がかき消《け》すように見えなくなって、人中で何をしようと思うがまま、どんな悪《わる》いことをしても、とらえられる気づかいがないという、ちょうほうな魔法《まほう》なのですが、黒い魔物は、それと同じように、やみの中にとけこんで、人目をくらますことができるのでした。

その魔物のからだは、どんな濃《こ》い墨《すみ》よりも、もっと黒く、黒さが絶頂《ぜっちょう》にたっして、ついに人の目にも見えぬほどになっているのにちがいありません。

黒い魔物は、やみの中や、黒い背景《はいけい》の前では、忍術使《にんじゅつつか》いも同様《どうよう》です。どんないたずらも思うがままです。

もしそいつが、何かおそろしい悪事《あくじ》をたくらんだならどうでしょう。悪いことをしておいて、とらえられそうになったら、いきなり、やみの中へとけこんで、姿を消してしまえばいいのですから、こんなやさしいことはありません。また、とらえるほうにしてみれば、こんなこまった相手《あいて》はないのです。

黒い魔物とは、はたして何者《なにもの》でしょうか。男でしょうか、女でしょうか、おとなでしょ

うか、子どもでしょうか。そしてまた、このえたいのしれぬ黒い影法師《かげぼうし》は、いったい何をしようというのでしょう。ただ黒板塀《くろいたべい》からとびだしたり、黒い水の中を泳《およ》いだり、人の影《かげ》になって地面《じめん》によこたわったりする、むじゃきないたずらをして喜《よろこ》んでいるだけでしょうか。いやいや、そうではありますまい。きゃつは、何かしら、とほうもない悪事《あくじ》をたくらんでいるのにちがいありません。いったいぜんたい、どのような悪事をはたらこうというのでしょうか。

この悪魔《あくま》を向こうにまわしてたたかうものは、小林少年《こばやししょうねん》を団長《だんちょう》とする少年探偵団《しょうねんたんていだん》です。十人の勇敢《ゆうかん》な小学生によって組織《そしき》せられた少年探偵団、団長は明智探偵《あけちたんてい》の名助手《めいじょしゅ》として知られた小林芳雄少年《こばやしよしおしょうねん》、その小林少年の先生は、いうまでもなく大探偵明智小五郎《だいたんていあけちこごろう》です。日本一の私立名探偵《しりつめいたんてい》と、その配下《はいか》の少年探偵団、相手《あいて》は、お化《ば》けのような変幻自在《へんげんじざい》の黒《くろ》怪物《かいぶつ》、ああ、このたたかいが、どのようにたたかわれることでしょう。

怪物追跡《かいぶつついせき》

やみと同じ色をした怪物が、東京《とうきょう》のそこここに姿《すがた》をあらわして、やみの中で、白い歯《は》をむいてケラケラ笑《わら》うという、うすきみの悪《わる》いうわさが、たちまち東京中にひろがり、新聞

にも大きくのるようになりました。

年とった人たちは、きっと魔性《ましょう》のものがいたずらをしているのだ、お化《ば》けにちがいないと、さもきみ悪《わる》そうにうわさしあいましたが、若《わか》い人たちは、お化けなぞを信《しん》じる気にはなれませんでした。それはやっぱり人間にきまっている。どこかのばかなやつが、そんなとほうもないまねをして、おもしろがっているのだろうと考えていました。

ところが、日がたつにつれて、お化けにもせよ、人間にもせよ、その黒いやつは、ただいたずらをしているばかりではない、何かしらおそろしい悪事《あくじ》をたくらんでいるにちがいないということが、だんだんわかってきたのです。

あとになって考えてみますと、この黒い怪物《かいぶつ》の出現《しゅつげん》は、じつに異常《いじょう》な犯罪事件《はんざいじけん》のいとぐちとなったのでした。できごとは東京《とうきょう》を中心《ちゅうしん》にしておこったのですが、それに関係《かんけい》している人物《じんぶつ》は、日本人ばかりではなく、いわば国際的《こくさいてき》な犯罪事件でした。

では、これから、黒い魔物《まもの》のいたずらが、だんだん犯罪らしい形にかわっていくできごとを、順序《じゅんじょ》をおってお話ししましょう。

読者諸君《どくしゃしょくん》がよくご承知《しょうち》の、小林少年《こばやししょうねん》を団長《だんちょう》にいただく少年探偵団《しょうねんたんていだん》の中に、桂正一君《かつらしょういちくん》という少年がいました。桂君のおうちは、世田谷区《せたがやく》の玉川電車《たまがわでんしゃ》の沿線《えんせん》にあって、羽柴壮二君《はしばそうじくん》たちの学校とはちがいましたけれども、正一君と壮二君とはいとこどうしだものですから、

壮二君《そうじくん》にさそわれて少年探偵団《しょうねんたんていだん》にくわわったのです。

　桂君《かつらくん》は、自分が探偵団にはいっただけでなく、やはり玉川電車《たまがわでんしゃ》の沿線《えんせん》におうちのある、級友《きゅうゆう》の篠崎始君《しのざきはじめくん》をさそって、ふたりで仲間入《なかまい》りをしたのです。

　ある晩《ばん》のこと、桂正一君《かつらしょういちくん》は、電車一駅《でんしゃひとえき》ほどへだたったところにある、篠崎君《しのざきくん》のおうちをたずねて、篠崎君の勉強部屋《べんきょうべや》で、いっしょに宿題《しゅくだい》をといたり、お話をしたりして、八時ごろまで遊《あそ》んでいましたが、それから、おうちに帰る途中《とちゅう》で、おそろしいものに出あってしまったのです。

　もし、おくびょうな少年でしたら、少しまわり道をして表通《おもてどお》りを歩くのですけれど、桂君は学校では少年相撲《しょうねんずもう》の選手《せんしゅ》をしているほどで、腕《うで》におぼえのある豪胆《ごうたん》な少年でしたから、裏通《うらどお》りの近道を、テクテクと歩いていきました。

　両側《りょうがわ》は長い板塀《いたべい》や、コンクリート塀や、いけがきばかりで、街灯《がいとう》もほの暗《ぐら》く、夜ふけでもないのに、まったく人通りもないさびしさです。

　春のことでしたから、気候《きこう》はちっとも寒《さむ》くないのですが、そうして、まるで死《し》にたえたような夜の町を歩いていますと、なんとなく首すじのところが、ゾクゾクとうそ寒《ざむ》く感《かん》じられます。

　一つのまがりかどをまがって、ヒョイと前を見ますと、二十メートルほど向《む》こうの街灯

の下を、黒い人影《ひとかげ》が歩いていきます。それが、おかしなことには、帽子《ぼうし》もかぶらず、着物《きもの》も着ていない。そのくせ、頭のてっぺんから足の先まで、墨《すみ》のようにまっ黒な人の姿《すがた》です。

さすがの桂少年《かつらしょうねん》も、この異様《いよう》な人影をひと目見ると、ゾーッとして立ちすくんでしまいました。

「あいつかもしれない、うわさの高い黒い魔物《まもの》かもしれない。」

心臓《しんぞう》がドキドキと鳴《な》ってきました。背《せ》すじを氷《こおり》のようにつめたいものが、スーッと走りました。桂君はもう少しのことで、いちもくさんにうしろへ逃《に》げだすところでした。しかし、逃げなかったのです。やっとのことでふみとどまったのです。

桂君は、自分が名誉《めいよ》ある少年探偵団《しょうねんたんていだん》の一員《いちいん》であることを思いだしました。しかも、たった今、篠崎君《しのざきくん》の家で、黒い魔物の話をして、

「ぼくが、もしそいつに出あったら、正体《しょうたい》を見あらわしてやるんだがなあ。」

と、大きなことをいってきたばかりです。

桂君は少年探偵団のことを考えると、にわかに勇気《ゆうき》が出てきました。

いけがきのかげに身《み》をかくして、じっと見ていますと、怪物《かいぶつ》は、うしろに人がいるとは少しも気のつかぬようすで、ヒョコヒョコおどるように歩いていきます。見まちがいではありません。たしかに全身《ぜんしん》まっ黒な、まるで黒ネコみたいな人の姿です。

「やっぱりお化《ば》けや幽霊《ゆうれい》じゃないんだ。ああして歩いているところをみると、人間にちがいない。」

桂君《かつらくん》は、大胆《だいたん》にも、相手《あいて》にさとられぬよう、ソッとあとをつけてやろうと決心《けっしん》しました。

怪物《かいぶつ》は、まるで地面《じめん》の影《かげ》が、フラフラと立ちあがって、そのまま歩きだしたような感《かん》じで、グングンと遠ざかっていきます。おそろしく速い足です。桂君は、物《もの》かげへ物かげへと身《み》をかくしながら、相手を追《お》っかけるのが、やっとでした。

町をはなれ、人家《じんか》のない広っぱを少し行きますと、大きな寺のお堂《どう》が、星空にお化けのようにそびえて見えました。養源寺《ようげんじ》という江戸時代《えどじだい》からの古いお寺です。

黒い魔物《まもの》は、その養源寺のいけがきに沿《そ》って、ヒョコヒョコと歩いていましたが、やがて、いけがきのやぶれたところから、お堂の裏手《うらて》へはいってしまいました。

桂君は、だんだんきみが悪《わる》くなってきましたけれども、今さら尾行《びこう》をよすのはざんねんですから、両手《りょうて》をにぎりしめ、下腹《したばら》にグッと力を入れて、同じいけがきのやぶれから、暗闇《くらやみ》の寺内《じない》へとしのびこみました。

見ると、そこは一面《いちめん》の墓地《ぼち》でした。古いのや新しいのや、無数《むすう》の石碑《せきひ》が、ジメジメとこけむした地面に、ところせまく立ちならんでいます。空の星と、＊常夜灯《じょうやとう》のほのかな光に、それらの長方形の石が、うす白くうかんでいるのです。

＊一晩じゅうつけておくあかり

桂君《かつらくん》は怪談《かいだん》などを信《しん》じない現代《げんだい》の少年でしたけれど、そこが無数《むすう》の死《し》がいをうずめた墓《ぼ》地《ち》であることを知ると、ゾッとしないではいられませんでした。

怪物《かいぶつ》は、石碑《せきひ》と石碑のあいだのせまい通路《つうろ》を右にまがり左にまがり、まるで案内《あんない》を知ったわが家のように、グングンと中へはいっていきます。黒い影《かげ》が白い石碑を背景《はいけい》にして、いっそうクッキリとうきあがって見えるのです。

桂君は、全身《ぜんしん》にビッショリ冷《ひ》や汗《あせ》をかきながら、がまん強くそのあとを追《お》いました。さいわい、こちらは背《せ》が低《ひく》いものですから、石碑《せきひ》のかげに身《み》をかくして、チョコチョコと走り、ときどき背のびをして、相手《あいて》を見うしなわないようにすればよいのでした。

ところで、桂君が、そうして、何度《なんど》めかに背のびをしたときでした。びっくりしたことには、思いもよらぬ間近《まぢか》に、石碑を二つほどへだてたすぐ向《む》こうに、黒いやつが、ヌッと立っていたではありませんか。しかも、真正面《ましょうめん》にこちらを向いているのです。まっ黒な顔の中に、白い目と白い歯《は》が見えるからには、こちらを向いているのにちがいありません。

怪物はさいぜんから、ちゃんと尾行《びこう》を気づいていたのです。そして、わざとこんなさびしい墓地の中へおびきよせて、いよいよたたかいをいどもうとするのかもしれません。

桂少年は、まるでネコの前のネズミのように、からだがすくんでしまって、目をそらすこともできず、そのまっ黒な影法師《かげぼうし》みたいなやつと、じっと顔を見あわせていました。胸《むね》

の中では、心臓《しんぞう》がやぶれそうに鼓動《こどう》しています。

今にも、今にも、とびかかってくるかと、観念《かんねん》をしていますと、とつぜん、怪物《かいぶつ》の白い歯《は》がグーッと左右にひろがって、それがガクンと上下にわかれ、ケラケラケラ……と、怪《かい》鳥《ちょう》のような声で笑《わら》いだしました。

桂君《かつらくん》は何がなんだか、もうむがむちゅうでした。おそろしい夢《ゆめ》をみて、夢と知りながら、どうしても、目がさませないときと同じ気持ちで、「助《たす》けてくれー」とさけぼうにも、まるでもののいえない人になったように、声が出ないのです。

ところが、怪物のほうでは、べつにとびかかってくるでもなく、いやな笑い声をたてたまま、フイと石碑《せきひ》のかげに、身《み》をかくしてしまいました。

かくれておいて、またバアとあらわれるのではないかと、立ちすくんだまま、息《いき》を殺《ころ》していても、いつまで待っても、ふたたびあらわれるようすがありません。といって、その石碑の向《む》こうから立ちさったけはいもないのです。もしその場《ば》を動《うご》けば、石碑と石碑のあいだに、チロチロと黒い影《かげ》が見えなければなりません。

深《ふか》い海の底《そこ》のように静《しず》まりかえった墓地《ぼち》に、たったひとり、とりのこされた感《かん》じです。どちらを向いても動くものとてはなく、つめたい石ばかり。桂君は、夢に夢みるここちでした。

やっと気をとりなおして、さいぜんまで怪物《かいぶつ》が立っていた石碑《せきひ》の向《む》こうへ、オズオズと近よってみますと、そこはもうからっぽになって、人のけはいなどありません。念《ねん》のために、そのへんをくまなく歩きまわってみても、どこにも黒い人の姿《すがた》はないのです。たとえ地面《じめん》をはっていったとしても、その場所《ばしょ》を動《うご》けば、こちらの目にうつらぬはずはないのに、それが少しも見えなかったというのは、ふしぎでしかたがありません。あの怪物は西洋《せいよう》の悪魔《あくま》が、パッと煙《けむり》をだして、姿を消《け》してしまうように、空中に消《き》えうせたとしか考えられません。

「あいつは、やっぱりお化《ば》けだったのかしら。」

ふと、そう思うと、桂君《かつらくん》は、がまんにがまんをしていた恐怖心《きょうふしん》が、腹《はら》の底《そこ》からこみあげてきて、何かえたいのしれぬことをわめきながら、むがむちゅうで墓地《ぼち》をとびだすと、息《いき》もたえだえに、明るい町のほうへかけだしました。

桂少年は、怪物は墓地の中で、煙のように消えてしまったということを、のちのちまでもかたく信《しん》じていました。

しかし、そんなことがあるものでしょうか。もし黒い魔物《まもの》が人間だとすれば、空気の中へとけこんでしまうなんて、まったく考えられないことではありませんか。

人さらい

墓地《ぼち》のできごとがあってから二日の後、やっぱり夜の八時ごろ、篠崎始君《しのざきはじめくん》のおうちの、りっぱなご門から、三十歳《さい》ぐらいの上品《じょうひん》な婦人《ふじん》と、五つぐらいのかわいらしい洋装《ようそう》の女の子とが、出てきました。婦人は始君のおばさん。女の子は小さいいとこですが、ふたりは夕方から篠崎君のおうちへ遊《あそ》びに来ていて、今、帰るところなのです。

おばさんは、大通《おおどお》りへ出て自動車《じどうしゃ》をひろうつもりで、女の子の手を引いて、うす暗《ぐら》いやしき町を、急《いそ》ぎ足に歩いていきました。

すると、またしても、ふたりのうしろから、例《れい》の黒い影《かげ》があらわれたのです。怪物《かいぶつ》は塀《へい》から塀とつたって、足音もなく、少しずつ、少しずつふたりに近づいていき、一メートルばかりの近さになったかと思うと、いきなり、かわいらしい女の子にとびかかって、小わきにかかえてしまいました。

「アレ、なにをなさるんです。」

婦人はびっくりして、相手《あいて》にすがりつこうとしましたが、黒い影は、すばやく片足《かたあし》をあげて、婦人をけたおし、その上にのしかかるようにして、あの白い歯《は》をむきだし、ケラケ

ラケラ……と笑《わら》いました。

婦人《ふじん》はたおれながら、はじめて相手《あいて》の姿《すがた》を見ました。そして、うわさに聞く黒い魔物《まもの》だということがわかると、あまりのおそろしさに、アッとさけんだまま、地面《じめん》にうつぶしてしまいました。

そのあいだに、怪物《かいぶつ》は女の子をつれて、どこかへ走りさってしまったのですが、では、黒い魔物は、おそろしい人さらいだったのかといいますと、べつにそうでもなかったことが、その夜ふけになってわかりました。

もう十一時ごろでしたが、篠崎君《しのざきくん》のおうちから一キロほどもはなれた、やっぱり玉川電車《たまがわでんしゃ》ぞいの、あるさびしいやしき町を、一人のおまわりさんが、コツコツと巡回《じゅんかい》していますと、人通《ひとどお》りもない道のまんなかに、五つぐらいの女の子が、シクシク泣《な》きながらたたずんでいるのに出あいました。それがさいぜん黒い怪物にさらわれた、篠崎君の小さいいとこだったのです。

まだ幼《おさな》い子どもですから、おまわりさんがいろいろたずねても、何一つはっきり答えることはできませんでしたが、片言《かたこと》まじりのことばを、つなぎあわせて判断《はんだん》してみますと、黒い怪物は、子どもをさらって、どこかさびしい広っぱへつれていき、お菓子《かし》などをあたえて、ごきげんをとりながら、名前をたずねたらしいのですが、「木村《きむら》サチ子《こ》」と、おか

あさんに教えられているとおり答えますと、怪物《かいぶつ》は、きゅうにあらあらしくなって、サチ子さんをそこへすておいたまま、どこかへ行ってしまったというのでした。

どうも、前後のようすから、怪物は、人ちがいをしたとしか考えられません。だれでもいいから、子どもをさらおうというのではなくて、ある決まった人をねらって、つい人ちがいをしたらしく思われるのです。では、いったい、だれと人ちがいをしたのでしょう。

その翌日《よくじつ》には、矢つぎばやに、またしても、こんなさわぎがおこりました。

場所《ばしょ》はやっぱり篠崎君《しのざきくん》のおうちの前でした。こんどは夜ではなくて、まっ昼間《ぴるま》のことですが、ちょうど門の前で、近所《きんじょ》の四つか五つぐらいの女の子が、たったひとりで遊《あそ》んでいるところへ、チンドン屋《や》の行列《ぎょうれつ》が通りかかりました。

*丹下左膳《たんげさぜん》の扮装《ふんそう》をして、大きな太鼓《たいこ》を胸《むね》にぶらさげた男を先頭に、若《わか》い洋装《ようそう》の女のしゃみせんひき、シルク・ハットにえんび服《ふく》のビラくばり、はっぴ姿《すがた》の旗持《はたも》ちなどが、一列《れつ》にならんで、音楽にあわせ、おしりをふりながら歩いてきます。

その行列のいちばんうしろから、白と赤とのだんだら染《ぞ》めのダブダブの道化服《どうけふく》を着《き》て、先に鈴《すず》のついたとんがり帽子《ぼうし》をかぶり、顔には西洋人《せいようじん》みたいな道化《どうけ》のお面《めん》をつけた男が、フラフラとついてきましたが、篠崎家の門前の女の子を見ますと、おどけたちょうしで、手まねきをしてみせました。

＊小説の主人公。隻眼隻腕の剣術の達人で、映画にもなり、少年たちのヒーローだった

女の子は快活《かいかつ》な性質《せいしつ》とみえて、まねかれるままに、にこにこしながら、道化服《どうけふく》の男のそばへかけよりました。

するると、道化服は、

「これあげましょう。」

といいながら、手に持っていた美しいあめん棒《ぼう》を、女の子の手ににぎらせました。

「もっと、どっさりあげますから、こちらへいらっしゃい。」

道化服はそんなことをいいながら、女の子の手を引いてグングン歩いていきます。子どもは、美しいお菓子《かし》のほしさにつられて、手を引かれるままに、ついていくのです。

ところが、そして百メートルほども歩いたとき、道化服の男は、とつぜん、チンドン屋《や》の列《れつ》をはなれて、女の子をつれたまま、さびしい横町《よこちょう》へまがってしまいました。チンドン屋の人たちは、べつにそれをあやしむようすもなく、まっすぐに歩いていくのです。

道化服は、横町へまがると、グングン足をはやめて、女の子を、ちかくの神社《じんじゃ》の森の中につれこみました。

「おじちゃん、どこ行くの?」

女の子は、人影《ひとかげ》もない森の中を見まわしながら、まだ、それとも気づかず、むじゃきにたずねるのです。

「いいところです。お菓子《かし》や、お人形《にんぎょう》のどっさりある、いいところです。」

道化服《どうけふく》の男は、東京《とうきょう》の人ではないらしく、みょうにくせのあるなまりで、一こと一こと、くぎりながら、いいにくそうにいいました。

「お嬢《じょう》さん、名前いってごらんなさい。なんという名前ですか。」

「あたち、タアちゃんよ。」

女の子は、あどけなく答えます。

「もっとほんとうの名前は？　おとうさまの名は？」

「ミヤモトっていうの。」

「宮本《みやもと》？　ほんとうですか、篠崎《しのざき》ではないのですか。」

「ちがうわ。ミヤモトよ。」

「では、さっき遊《あそ》んでいたうち、お嬢さんのうちではないのですか。」

「ええ、ちがうわ。あたちのうち、もっと小さいの。」

それだけ聞くと、道化服の男は、いきなりタアちゃんの手をはなして、お面《めん》の中で、「チェッ」と舌打《したう》ちをしました。そして、もう一ことものをいわないで、女の子を森の中へおいてけぼりにして、サッサとどこかへたちさってしまいました。

やがて、その奇妙《きみょう》なできごとは、タアちゃんという女の子が、泣《な》きながら帰ってきて、

母親に告げましたので、町中のうわさとなり、警察《けいさつ》の耳にもはいりました。幼《おさな》い女の子の報告《ほうこく》ですから、森の中での問答《もんどう》がくわしくわかったわけではありませんが、道化服《どうけふく》のチンドン屋《や》が、タアちゃんをつれさろうとして、中途《ちゅうと》でよしてしまったらしいことだけは、おぼろげながらわかりました。前夜の黒い魔物《まもの》と同じやり方です。いよいよ、だれかしら、五つぐらいの女の子がねらわれていることが、はっきりしてきました。

　五つぐらいの女の子といえば、篠崎始君《しのざきはじめくん》にも、ちょうどその年ごろの、かわいらしい妹があるのです。もしや怪物《かいぶつ》がねらっているのは、その篠崎家の女の子ではありますまいか。前後の事情《じじょう》を考えあわせると、どうもそうらしく思われるではありませんか。隅田川《すみだがわ》だとか、上野《うえの》の森だとか、東京中《とうきょうじゅう》のどこにでも、あのぶきみな姿《すがた》をあらわして、いたずらをしていた黒い影《かげ》は、だんだんそのあらわれる場所《ばしょ》をせばめてきました。桂正一君《かつらしょういちくん》が出あった場所といい、篠崎君《しのざきくん》の小さいいとこがさらわれた場所といい、こんどはまた、タアちゃんがつれさられようとした場所といい、みんな篠崎君のおうちを中心《ちゅうしん》としているのです。

　怪物の目的《もくてき》がなんであるかが少しずつわかってきました。しかし、ただ子どもをさらったり、その子を人質《ひとじち》にしてお金をゆすったりするのでしたら、何も黒い影なんかに化《ば》けて、人をおどかすことはありません。これには何か、もっともっと深《ふか》いたくらみがあるのにち

がいないのです。

のろいの宝石《ほうせき》

さて、門の前に遊《あそ》んでいた女の子がさらわれた、その夜のことです。篠崎始君《しのざきはじめくん》のおとうさまは、ひじょうに心配《しんぱい》そうなごようすで、顔色も青ざめて、おかあさまと始君とをソッと、奥《おく》の座敷《ざしき》へお呼《よ》びになりました。

始君は、おとうさまの、こんなうちしずまれたごようすを、あとにも先にも見たことがありませんでした。

「いったい、どうなすったのだろう。なにごとがおこったのだろう。」

と、おかあさまも始君も、気がかりで胸《むね》がドキドキするほどでした。

おとうさまは座敷の床《とこ》の間《ま》の前に、腕組《うでぐ》みをしてすわっておいでになります。その床の間には、いつも花《か》びんのおいてある紫檀《*したん》の台の上に、今夜はみょうなものがおいてあるのです。

内側《うちがわ》を紫色《むらさきいろ》のビロードではりつめた四角な箱《はこ》の中に、おそろしいほどピカピカ光る、直径《ちょっけい》一センチほどの玉がはいっています。

＊ 赤みをおびた紫色の熱帯産の木。高級家具材として使われる

始君《はじめくん》は、こんな美《うつく》しい宝石《ほうせき》が、おうちにあることを、今まで少しも知りませんでした。

「わたしはまだ、おまえたちに、この宝石にまつわる、おそろしいのろいの話をしたことがなかったね。わたしは、そんな話を信《しん》じていなかった。つまらない話を聞かせて、おまえたちを心配《しんぱい》させることはないと思って、きょうまでだまっていたのだ。けれども、もう、おまえたちにかくしておくことができなくなった。ゆうべからの少女《しょうじょ》誘拐《ゆうかい》さわぎは、どうもただごとではないように思う。わたしたちは、用心《ようじん》しなければならぬのだ。」

おとうさまは、うちしずんだ声で、何かひじょうに重大《じゅうだい》なことを、お話しになろうとするようすでした。

「では、この宝石と、ゆうべからの事件《じけん》とのあいだに、何か関係《かんけい》があるとでもおっしゃるのでございますか。」

おかあさまも、おとうさまと同じように青ざめてしまって、息《いき》を殺《ころ》すようにしておたずねになりました。

「そうだよ。この宝石には、おそろしいのろいがつきまとっているのだ。その話がでたらめでないことがわかってきたのだ。

おまえも知っているように、この宝石は、一昨年《いっさくねん》、中国《ちゅうごく》へ行った時、上海《シャンハイ》である外国人

から買いとったものだが、その値段《ねだん》がひどくやすかった。時価《じか》の十分の一にもたらない、*一万七千円という値段であった。

わたしは、たいへんなほりだしものをしたと思って、喜《よろこ》んでいたのだが、あとになって、別《べっ》のある外国人がソッとわたしに教えてくれたところによると、この石には、みょうないんねん話があって、その事情《じじょう》を知っているものは、だれも買おうとしないものだから、それで、こんなやすい値段で、手ばなすことになったのだろうというのだ。

そのいんねん話というのはね……」

おとうさまは、ちょっとことばを切って、ふたりにもっとそばへよるようにと、手まねきをなさいました。

始君《はじめくん》は、少しおとうさまのほうへ、ひざを進《すす》めましたが、なんだかおそろしい怪談《かいだん》を聞くような気がして、背中《せなか》のほうがうそ寒《ざむ》くなってきました。気のせいか、いつも明るい電灯《でんとう》が、今夜は、みょうにうす暗《ぐら》く感《かん》じられます。

「この宝石《ほうせき》は、もとはインドの奥地《おくち》にある、ある古いお寺のご本尊《ほんぞん》の、大きな仏像《ぶつぞう》のひたいにはめこんであったものだそうだ。始は学校で教わったことがあるだろう、白毫《びゃくごう》というものだ。

ことのおこりは、今から六、七十年もまえの話だが、そのお寺の付近《ふきん》に戦争《せんそう》があって、

* 現在の約三千五百万円

お寺は焼《や》けてしまうし、たくさんの人が死《し》んだ。そのとき、仏像《ぶつぞう》の顔にはめこんであった宝石《ほうせき》を、敵《てき》が持っていってしまったんだね。それから、宝石はいろいろな人の手にわたって、ヨーロッパのほうへ買いとられていった。ひじょうにねうちのある宝石だから、だれでも高い代価《だいか》で買いとるのだね。

また、その戦争《せんそう》のときに、その集落《しゅうらく》の殿《との》さまのお姫《ひめ》さまが、敵《てき》のたまにあたって死んでしまった。まだ若《わか》いきれいなお姫さまだったそうだが、殿さまが、たいへんかわいがっておいでになったばかりでなく、その集落のインド人は、このお姫さまを神《かみ》さまのようにうやまった。そのだいじなお方が、敵のたまにあたって、はかなく死んでしまった。

集落のインド人たちは、この二つの悲《かな》しいできごとを、いつまでもわすれなかった。仏《ぶつ》像《ぞう》の命《いのち》ともいうべき白毫《びゃくごう》をうばいかえさなければならない。お姫さまのあだを討《う》たなければならない。その二つのことが一つにむすびついて、この宝石につきまとうのろいとなったのだ。

それはインド中でもいちばん信仰《しんこう》のあつい集落で、集落中のものが、その仏像を心から信《しん》じ、うやまっていたということだ。仏《ほとけ》さまのために、どんな艱難辛苦《かんなんしんく》もいとわない、命なんかいつでもすてるという気風《きふう》なんだ。

そこで、たいせつな仏像をけがし、殿さまの娘《むすめ》の命をうばった外国の軍人《ぐんじん》を、仏さまに

なりかわってばっすることが決議《けつぎ》され、集落《しゅうらく》を代表《だいひょう》して、おそろしい魔術《まじゅつ》を使《つか》う命知《いのちし》らずの、ふたりのインド人が、敵《てき》をさがして世界中《せかいじゅう》を旅《たび》をして歩くことになった。

そのふたりが病死《びょうし》すれば、また別《べつ》の若《わか》い男が派遣《はけん》される。そして、何十年でも、何百年でも、宝石《ほうせき》をもとの仏像《ぶつぞう》のひたいにもどすまでは、こののろいはとけないというのだ。

それ以来《いらい》、この宝石を持っているものは、たえずまっ黒なやつにねらわれている。ことにその家に幼《おさな》い女の子があるときは、お姫《ひめ》さまのあだ討《う》ちだというので、まず女の子をさらっていって、人知れず殺《ころ》してしまう。その死体《したい》は、どんなに警察《けいさつ》がさがしても、発見《はっけん》することができないということだ。

わたしが上海《シャンハイ》である外国人に聞いたいんねん話というのは、まあこんなふうなことだったがね、むろん、わたしは信用《しんよう》しなかった。そんなばかなことがあるものか、これはきっと、話をした外国人も宝石をほしがっていたのに、わたしが先に買ってしまったので、根《ね》もない怪談《かいだん》を話して聞かせ、わたしから宝石を元値《もとね》で買いとる気にちがいないと思った。

そして、わたしは、つい近ごろまで、そんな話はすっかりわすれてしまっていた。

ところが、ゆうべもきょうも、わたしたちの家を中心として、幼い女の子がさらわれたのを見ると、また、そのさらったやつが、まっ黒な怪物《かいぶつ》だったということを思いあわせると、わたしは、どうやら、きみが悪くなってきた。例《れい》のいんねん話とぴったり一致《いっち》してい

るのだからね。」

「では、うちの緑《みどり》ちゃんがさらわれるかもしれないと、おっしゃるのですか。」

おかあさまは、もうびっくりしてしまって、今にも、緑ちゃんを守《まも》るために立ちあがろうとなすったくらいです。緑ちゃんというのは、ことし五歳《さい》の始君《はじめくん》の妹なのです。

「ウン、そうなのだよ。しかし、今は心配《しんぱい》しなくてもいい。わたしたちがここにいれば、緑は安全《あんぜん》なのだからね。ただ、これから後《のち》は、緑を外へ遊《あそ》びに出さぬよう、家の中でもつねに目をはなさないようにしていてほしいのだよ。」

いかにも、おとうさまのおっしゃるとおり、緑ちゃんの遊んでいる部屋《へや》へは、この座敷《ざしき》を通らないでは行けないのです。それに、緑ちゃんのそばには、ばあややお手伝《てつだ》いさんがついているはずです。

「でも、おとうさん、おかしいですね。そのインド人は、はじめに罪《つみ》をおかしたそのときの外国人にだけ復讐《ふくしゅう》すればいいじゃありませんか。それを今ごろになって、ぼくたちにあだをかえすなんて。」

始君は、どうもふにおちませんでした。

「ところが、そうではないのだよ。じっさい手をくだした罪人《ざいにん》であろうとなかろうと、現《げん》在《ざい》、宝石《ほうせき》を持っているものに、のろいがかかるので、そのため、ヨーロッパでもいく人も

めいわくをこうむった人があるのだよ。おそろしさのあまり病気《びょうき》になったものもあるということだ。」

「そうですか、それはわけのわからない話ですね……。ああ、いいことがある。おとうさん、ぼく少年探偵団《しょうねんたんていだん》にはいっているでしょう。だから……」

始君《はじめくん》が声をはずませていいますと、おとうさまはお笑《わら》いになって、

「ハハハ……、おまえたちの手にはおえないよ。相手《あいて》はインドの魔法使《まほうつか》いだからねえ。おまえ知っているだろう。インドの魔術《まじゅつ》というものは世界《せかい》の謎《なぞ》になっているほどだよ。一本のなわを空中に投《な》げて、その投げたなわをつたって、まるで木登《きのぼ》りでもするように、子どもが、空へ登っていくというのだからねえ。

それから、地面《じめん》に深《ふか》い穴《あな》を掘《ほ》って、その中へうずめられたやつが、一月《ひとつき》も二月《ふたつき》もたってから、土を掘ってみると、ちゃんと生きているという、おそろしい魔法さえある。インド人は今、地面に種《たね》をまいたかと思うと、みるみる、それが芽《め》を出し、茎《くき》がのび、葉《は》がはえ、花が咲《さ》くというようなことは、朝飯《あさめし》まえにやってのける人種《じんしゅ》だからねえ。」

「じゃ、ぼくらでいけなければ、明智先生《あけちせんせい》にご相談《そうだん》してはどうでしょうか。明智先生は、やっぱり魔法使いみたいな、あの二十面相《めんそう》を、やすやすと逮捕《たいほ》なすった方ですからねえ。」

始君は、さもじまんらしくいいました。明智探偵《あけちたんてい》ならば、いくら相手がインドの魔法使

いだって、けっして負《ま》けやしないと、かたく信《しん》じているのです。

「ウン、明智先生《あけちせんせい》なら、うまい考えがあるかもしれないねえ。あすにでも、ご相談してみることにしようか。」

おとうさまも明智探偵を持ちだされては、かぶと*をぬがないわけにはいきませんでした。

しかし、黒い魔物《まもの》は、あすまでゆうよをあたえてくれるでしょうか。始君《はじめくん》たちの話を、やつはもう、障子《しょうじ》の外から、ちゃんと立ち聞きしていたのではありますまいか。

黒い手

そのとき、始君は何を見たのか、アッと小さいさけび声を立てて、おとうさまのうしろの床《とこ》の間《ま》を見つめたまま、化石《かせき》したようになってしまいました。その始君の顔といったらありませんでした。まっさおになってしまって、目がとびだすように大きくひらいて、口をポカンとあけて、まるできみの悪《わる》い生き人形《にんぎょう》のようでした。

おとうさまもおかあさまも、始君のようすにギョッとなすって、いそいで、床の間のほうをごらんになりましたが、すると、おふたりの顔も、始君とおなじような、おそろしい表情《ひょうじょう》にかわってしまいました。

＊こうさんする

ごらんなさい。

床《とこ》の間《ま》のわきの書院窓《しょいんまど》が、音もなく細めにひらいたではありませんか。そして、そのすきまから、一本の黒い手が、ニューッとつきだされたではありませんか。

「アッ、いけない。」

と思うまもあらせず、その手は、花台《はなだい》の上の宝石箱《ほうせきばこ》をわしづかみにしました。そして、黒い手はしずかに、また、もとの障子《しょうじ》のすきまから消《き》えていってしまいました。黒い魔物《まもの》は、大胆不敵《だいたんふてき》にも三人の目の前で、のろいの宝石をうばいさったのです。

おとうさまも、始君《はじめくん》も、あまりの不意《ふい》うちに、すっかりどぎもをぬかれてしまって、黒い手にとびかかるのはおろか、座《ざ》を立つことすらわすれて、ぼうぜんとしていましたが、黒い手がひっこんでしまうと、やっと正気をとりもどしたように、まずおとうさまが、

「今井君《いまいくん》、今井君、くせ者《もの》だ、早く来てくれ……」

と、大きな声で秘書《ひしょ》をおよびになりました。

「あなた、緑《みどり》ちゃんに、もしものことがあっては……」

おかあさまの、うわずったお声です。

「ウン、おまえもおいで。」

おとうさまは、すぐさまふすまをひらいて、おかあさまといっしょに、緑ちゃんのいる

部屋《へや》へかけこんでいかれましたが、さいわい緑《みどり》ちゃんにはなにごともありませんでした。

いっぽう、おとうさまの声に、急《いそ》いでかけつけた秘書《ひしょ》の今井《いまい》と、始君《はじめくん》とは、廊下《ろうか》のガラス戸が一枚《まい》あいたままになっていましたので、そこから庭《にわ》へとびおりて、くせ者《もの》を追跡《ついせき》しました。

黒い魔物《まもの》は、つい目の前を走っています。暗《くら》い庭の中で、まっ黒なやつを追《お》うのですから、なかなか骨《ほね》が折《お》れましたが、さいわい、庭のまわりは、とても乗りこせないような、高いコンクリート塀《べい》で、グルッと、とりかこまれていますので、くせ者を塀ぎわまで追いつめてしまえば、もう、こっちのものなのです。

あんのじょう、くせ者は塀に行きあたって当惑《とうわく》したらしく、方向をかえて、塀の内側《うちがわ》にそって走りだしました。塀ぎわには、背《せ》の高い青ギリだとか、低《ひく》くしげっているツツジだとか、いろいろな木が植《う》えてあります。くせ者はその木立《こだ》ちをぬって、低いしげみはとびこえて、風のように走っていきます。

ところが、そうして少し走っているあいだに、じつにふしぎなことがおこりました。くせ者の黒い姿《すがた》が、ひとつの低いしげみをとびこしたかと思うと、まるで、忍術使《にんじゅつつか》いのように、消《き》えうせてしまったのです。

始君たちは、きっとしげみのかげに、しゃがんでかくれているのだろうと思って、用心

しながら近づいていきましたが、そこにはだれもいないことがわかりました。くせ者《もの》は蒸《じょう》発《はっ》してしまったとしか考えられません。

しばらくすると、電話の知らせで、ふたりのおまわりさんがやってきましたが、そのおまわりさんと、家中のものが手分けをして、懐中電灯《かいちゅうでんとう》の光で、庭《にわ》のすみずみまでさがしたのですけれど、やっぱりあやしい人影《ひとかげ》は発見《はっけん》できませんでした。むろん宝石《ほうせき》をとりもどすこともできなかったのです。

これはインド人の魔法《まほう》なのでしょうか。魔法ででもなければ、こんなにみごとに消《き》えうせてしまうことはできますまい。

読者諸君《どくしゃしょくん》は、いつかの晩《ばん》、篠崎始君《しのざきはじめくん》の友だちの桂正一君《かつらしょういちくん》が、養源寺《ようげんじ》の墓地《ぼち》の中で、黒い魔物《まもの》を見うしなったことを記憶《きおく》されているでしょう。こんどもあれとまったく同じだったのです。くせ者は追《お》っ手《て》の目の前で、やすやすと姿《すがた》を消してしまったのです。

ああ、インド人の魔法。インド人は、始君のおとうさまがおっしゃったように、ほんとうにそんな魔術《まじゅつ》が使《つか》えるのでしょうか。もしかしたら、このあまりに手ぎわのよい消失《しょうしつ》には、何かしら思いもよらない手品《てじな》の種《たね》があったのではないでしょうか。

ふたりのインド人

さわぎのうちに一夜がすぎて、その翌日《よくじつ》は、篠崎家《しのざきけ》の内外に、アリも通さぬ、げんじゅうな警戒《けいかい》がしかれました。緑《みどり》ちゃんは、奥《おく》の一間《ひとま》にとじこめられ、障子《しょうじ》をしめきって、おとうさま、おかあさまはもちろん、ふたりの秘書《ひしょ》、ばあやさん、ふたりのお手伝《てつだ》いさんなどが、その部屋《へや》の内と外とをかためました。十いくつの目が、寸時《すんじ》もわき見をしないで、じっと、小さい緑ちゃんにそそがれていたのです。家の外では、*所轄警察署《しょかつけいさつしょ》の私服刑事《しふくけいじ》が数名、門前や塀《へい》のまわりを見はっています。じゅうぶんすぎるほどの警戒でした。

しかし、おとうさまもおかあさまも、まだ安心《あんしん》ができないのです。ゆうべの手なみでもわかるように、くせ者《もの》は忍術使《にんじゅつつか》いのようなやつですから、いくら警戒してもむだではないかとさえ感《かん》じられるのです。ひじょうな不安《ふあん》のうちに時がたって、やがて午後三時を少しすぎたころ、学校へ行っていた始君《はじめくん》がいきおいよく帰ってきました。

「おとうさん、ただいま。緑ちゃんだいじょうぶでしたか。」

「ウン、こうして、きげんよく遊《あそ》んでいるよ。だがおまえは、いつもよりひどくおそかったじゃないか。」

＊その地域を受けもつ警察署

おとうさまが、ふしんらしくおたずねになりました。

「ええ、それにはわけがあるんです。ぼく、学校がひけてから、明智先生《あけちせんせい》のところへ行ってきたんです。」

「ああ、そうだったか。で、先生にお会いできたかい。」

「それがだめなんですよ。先生は旅行《りょこう》していらっしゃるんです。どっか遠方の事件《じけん》なんですって。でね、小林《こばやし》さんに相談《そうだん》したんですよ。するとね、あの人やっぱり頭がいいや。うまいことを考えだしてくれましたよ。おとうさん、どんな考えだと思います。」

始君《はじめくん》は大とくいでした。

「さあ、おとうさんにはわからないね。話してごらん。」

「じゃ、話しますからね、おとうさん耳をかしてください。」

そんなことはあるまいけれど、もし、くせ者《もの》に聞かれたらたいへんだというので、始君は、おとうさまの耳に口をよせて、ささやくのでした。

「あのね、小林さんはね、緑《みどり》ちゃんを変装《へんそう》させなさいというのですよ。」

「え、なんだって、こんな小さな子どもにかい？」

おとうさまも、思わずささやき声になっておたずねになりました。

「ええ、こうなんですよ。小林さんがいうのにはね、どこかに緑ちゃんのよくなついてい

るおばさんか何かがないかっていうんです。でね、ぼく、そういうおばさんなら、品川区《しながわく》にひとりあるって言ったんです。ほら、緑《みどり》ちゃんの大すきな野村《のむら》のおばさんね。ぼく、あの人のことを言ったんですよ。

するとと、小林《こばやし》さんは、それじゃ、緑ちゃんをコッソリおばさんちへつれていって、しばらくあずかってもらったほうがいいっていうんです。ね、そうすれば、あいつは、この家ばかりねらっていて、むだ骨折《ぼねお》りをするわけでしょう。

でも、つれていくときに見つかる心配《しんぱい》があるから、そこに手だてがいるんだっていうんですよ。それはね、まず小林さんが、近所《きんじょ》の五つくらいの男の子を、男の子ですよ、それをつれて、ぼくんちへ遊《あそ》びに来るんです。そしてね、こっそり緑ちゃんにその子の服《ふく》を着《き》せちゃって、そして、小林さんは帰りには、男の子に変装《へんそう》した緑ちゃんをつれて、何くわぬ顔で家を出るんです。ね、わかったでしょう。

でも、用心のうえにも用心をしなければいけないから、いつもよびつけの自動車《じどうしゃ》を呼《よ》んで、うちの今井《いまい》さんが助手席《じょしゅせき》に乗《の》って、そして、品川のおばさんちまで、ぶじに送《おく》りとどけるっていうんです。ね、うまい考えでしょう。これならだいじょうぶでしょう。」

「ウーン、なるほどね。さすがはおまえたちの団長《だんちょう》の小林君だね。うまい考えだ。おとうさんは賛成《さんせい》だよ。じつはおとうさんも、緑をどっかへあずけたほうがいいとは思っていた

んだ。しかし、その道があぶないので、決心《けっしん》がつかないんだよ。」

おとうさまは、小林君《こばやしくん》の名案《めいあん》にすっかり感心《かんしん》なすって、おかあさまにご相談《そうだん》なさいました。おかあさまも、反対《はんたい》する理由《りゆう》がないものですから、しかたなく賛成《さんせい》なさいましたが、

「でも、そのつれてきた男の子をどうしますのよ？　そのお子さんに、もしものことがあったらこまるじゃありませんか。」

と、やっぱりささやき声でおっしゃるのです。

「それはだいじょうぶですよ。あの黒いやつは緑《みどり》ちゃんのほかの子は見向《みむ》きもしないんですもの。たとえさらわれたって、危険《きけん》はないんだし、それに、すぐあとから、また小林さんが迎《むか》えに来るっていうんです。そしてね、もう一着《ちゃく》、似《に》たような男の子ども服《ふく》を用意《ようい》しておいてね、それを着《き》せてつれて帰るんだっていいますから、同じような男の子が二度《ど》門を出るわけですね。おもしろいでしょう。悪者《わるもの》は、めんくらうでしょうね。」

この始君《はじめくん》の説明《せつめい》で、おかあさまも、やっと納得《なっとく》なさいましたので、始君は、さっそく明《あけ》智事務所《ちじむしょ》へ電話をかけて、あらかじめ打《う》ちあわせておいた暗号《あんごう》で、小林少年にこのことを伝えました。

さて、小林君が、緑ちゃんくらいの背《せ》かっこうのかわいらしい男の子をつれて、篠崎家《しのざきけ》へやってきたのは、もう日の暮《く》れがた時分《じぶん》でした。

すぐさま奥《おく》まった一間《ひとま》をしめきって、緑《みどり》ちゃんの変装《へんそう》がおこなわれました。かわいらしい*イートンスーツを着《き》て、おかっぱの髪《かみ》の毛《け》は大きな帽子《ぼうし》の中へかくして、たちまち勇《いさ》ましい男の子ができあがりました。

まだ五つの緑ちゃんは、何もわけがわからないものですから、生まれてから一度も着《き》たことのないイートンスーツを着て、大よろこびです。

すっかり支度《したく》ができますと、緑ちゃんには品川《しながわ》のおばさんのところへ行くんだからと、よくいいきかせたうえ、小林君《こばやしくん》は篠崎君《しのざきくん》のおとうさまから、おばさんにあてた依頼状《いらいじょう》を、たいせつにポケットに入れて、緑ちゃんの手を引いて、わざと人目にふれるように、門の外へ出ていきました。

門の外には、もうちゃんと自動車《じどうしゃ》が待っています。小林君は緑ちゃんをだいて、秘書《ひしょ》の今井君《いまいくん》があけてくれたドアの中へはいり、客席《きゃくせき》にこしかけました。つづいて、今井君も助《じょ》手席《しゅせき》につき、車は、エンジンの音もしずかに出発《しゅっぱつ》しました。

もう外は、ほとんど暗《くら》くなっていました。道ゆく人もおぼろげです。自動車はしばらく電車道《でんしゃみち》を通っていましたが、やがて、さびしい横町《よこちょう》に折《お》れ、ひじょうな速力《そくりょく》で走っています。

見ていると、両側《りょうがわ》の人家《じんか》がだんだんまばらになり、ひどくさびしい場所《ばしょ》へさしかかりま

＊ イギリスのイートンにある私立男子学校の白いえりのついた制服

した。

「運転手《うんてんしゅ》さん、方向がちがいやしないかい。」

小林君《こばやしくん》は、みょうに思って声をかけました。

しかし運転手は、まるで耳の聞こえない人のように、なんの返事《へんじ》もしないのです。

「おい、運転手さん、聞こえないのか。」

小林君は、思わず大声でどなりつけて、運転手の肩《かた》をたたきました。すると、

「よく聞こえています。」

という返事といっしょに、運転手と今井君《いまいくん》とが、ヒョイとうしろをふりむきました。

ああ、その顔！　運転手も今井君も、まるで、えんとつの中からはいだしたように、まっ黒な顔をしていたではありませんか。そして、ふたりは、申《もう》しあわせでもしたように、同時《どうじ》にまっ白な歯《は》をむきだして、あのゾッと総毛立《そうけだ》つような笑《わら》いで、ケラケラケラケラと笑いました。読者諸君《どくしゃしょくん》、それはふたりのインド人だったのです。

しかし、運転手はともかくとして、今井君までが、ついさきほど自動車《じどうしゃ》のドアをあけてくれた今井君までが、いつのまにか黒い魔物《まもの》にかわってしまったのです。まったく不可能《ふかのう》なことです。これも、あのインド人だけが知っている、摩訶不思議《まかふしぎ》の妖術《ようじゅつ》なのでしょうか。

銀色《ぎんいろ》のメダル

小林君《こばやしくん》は、まるでキツネにつままれたような気持ちでした。さいぜん、篠崎家《しのざきけ》の門前《もんぜん》で、自動車《じどうしゃ》に乗《の》るときには、秘書《ひしょ》も運転手《うんてんしゅ》も、たしかに白い日本人の顔でした。いくらなんでも、運転手がインド人とわかれば、小林君がそんな車に乗りこむわけがありません。

それが、十分も走るか走らないうちに、今まで日本人であったふたりが、とつぜん、まるで早がわりでもしたように、まっ黒なインド人に化《ば》けてしまったのです。これはいったい、どうしたというのでしょう。インドには世界《せかい》の謎《なぞ》といわれる、ふしぎな魔術《まじゅつ》があるそうですが、これもその魔術の一種《いっしゅ》なのでしょうか。

しかし、今は、そんなことを考えているばあいではありません。緑《みどり》ちゃんを守《まも》らなければならないのです。どうかして自動車をとびだし、敵《てき》の手からのがれなければなりません。

小林君は、やにわに緑ちゃんを小わきにかかえると、ドアをひらいて、走っている自動車からとびおりようと身《み》がまえました。

「ヒヒヒ……、だめ、だめ、逃《に》げるとうちころすよ。」

黒い運転手が、片言《かたこと》のような、あやしげな日本語でどなったかと思うと、ふたりのイン

ド人の手が、ニューッとうしろにのびて、二丁《ちょう》のピストルの筒口《つつぐち》が、小林君《こばやしくん》と緑《みどり》ちゃんの胸《むね》をねらいました。

「ちくしょう！」

小林君は、歯《は》ぎしりをしてくやしがりました。自分ひとりなら、どうにでもして逃《に》げるのですが、緑ちゃんにけがをさせまいとすれば、ざんねんながら、相手《あいて》のいうままになるほかはありません。

小林君が、ひるむようすを見ると、インド人は車をとめて、助手席《じょしゅせき》にいたほうが運転台《うんてんだい》をおり、客席《きゃくせき》のドアをひらいて、まず緑ちゃんを、つぎに小林君を、*細引《ほそび》きでうしろ手にしばりあげ、そのうえ、用意《ようい》の手ぬぐいで、ふたりの口にさるぐつわをかませてしまいました。

その仕事《しごと》のあいだじゅう、席に残《のこ》った運転手は、じっとピストルをさしむけていたのですから、抵抗《ていこう》することなど、思いもおよびません。

しかし、ふたりのインド人は、それを少しも気づきませんでしたけれど、小林君は、相手のなすがままにまかせながら、ちょっとのすきをみて、みょうなことをしました。

それは、今井君《いまいくん》に化《ば》けたインド人が、緑ちゃんをしばっているときでしたが、小林君はすばやく右手をポケットにつっこむと、何かキラキラ光る銀貨《ぎんか》のようなものを、ひとつか

＊麻《あさ》で作った細くてじょうぶな縄《なわ》

み取《と》りだして、それを、相手《あいて》にさとられぬよう、ソッと、車のうしろのバンパーのつけねのすみにおきました。インド人にみつからぬよう、ずっとすみのほうへおいたのです。

ちょっと見ると五十銭銀貨《せんぎんか》*のようですが、むろん銀貨ではありません。何か銀色をした鉛製《なまりせい》のメダルのようなものです。数《かず》はおよそ三十枚《まい》もあったでしょうか。

インド人は、さいわいそれには少しも気がつかず、ふたりにさるぐつわをしてしまうと、ドアをしめて、もとの運転席《うんてんせき》にもどりました。そして、車はまたもや、人家《じんか》も見えぬさびしい広っぱを、どこともなく走りだしたのです。

すると、疾走《しっそう》する自動車《じどうしゃ》のうしろの、幅《はば》の狭《せま》いバンパーのつけねの上に、みょうなことがおこりました。さいぜん小林君《こばやしくん》がおいた五十銭銀貨のようなものが、車の動揺《どうよう》につれて、ジリジリと動《うご》きだし、はしのほうから一つずつ、地面《じめん》にふりおとされていくのです。

そして、三十個《こ》ほどのメダルが、すっかり落《お》ちてしまうのに、七、八分もかかったのですが、自動車は、そのメダルがなくなってしまうとまもなく、とあるさびしい町に、ピッタリと停車《ていしゃ》しました。

あとでわかったところによれば、それは同じ世田谷区内《せたがやくない》の、篠崎君《しのざきくん》のおうちとは反対《はんたい》のはしにある、まだ人家の建《た》ちそろわない、さびしい住宅地《じゅうたくち》だったのです。

車がとまると、小林君と緑《みどり》ちゃんとは、ふたりのインド人のために、有無《うむ》をいわせず、

＊ 現在の約千円。大きさは現代の五百円硬貨とほぼ同じ

客席《きゃくせき》から引きだされて、そこに建《た》っていた一軒《けん》の小さい洋館《ようかん》の中へつれこまれました。

ところが、その洋館の門をはいるとき、小林君《こばやしくん》はまたしても、みょうなことをしたのです。小林君はそのときまで、うしろにしばられた右手を、ギュッとにぎりしめていましたが、それを、インド人たちに気づかれぬよう、歩きながら少しずつひらいていったのです。

すると、小林君の右手の中から、例の銀色《ぎんいろ》のメダルが、一枚《まい》ずつ、やわらかい地面《じめん》の上へ、音もたてず落《お》ちはじめ、自動車《じどうしゃ》のとまったところから、門内までに、つごう五枚のメダルが、二メートルほどずつ間をへだてて、地面にばらまかれました。

読者諸君《どくしゃしょくん》、この銀貨《ぎんか》のようなメダルは、いったいなんでしょうか。小林君は、どうしてそんなたくさんのメダルを持っていたのでしょうか。また、それをいろいろなしかたで、自動車の通った道路《どうろ》や、洋館の門前に、まきちらしたのには、どういう意味《いみ》があったのでしょうか。そのわけを、ひとつ想像《そうぞう》してごらんください。

インド人たちは、緑《みどり》ちゃんをひっかかえ、小林君をつきとばすようにして、洋館にはいり、せまい廊下《ろうか》づたいに、ふたりを奥《おく》まった部屋《へや》へつれこみましたが、見ると、その部屋のすみの床板《ゆかいた》に、ポッカリと四角な黒い穴《あな》があいているのです。地下室への入り口です。

「この中へはいりなさい。」

インド人がおそろしい顔つきで命《めい》じました。

小林君《こばやしくん》は両手《りょうて》をしばられて、まったく抵抗力《ていこうりょく》をうばわれているのですから、どうすることもできません。いわれるままに、そこに立てかけてあるそまつなはしごを、あぶなっかしく、地底《ちてい》の穴《あな》ぐらへおりていくほかはありませんでした。小林君が、ほとんどすべり落《お》ちるようにして、まっくらな穴ぐらの底《そこ》に横《よこ》たわると、インド人のひとりが、はしごの中《ちゅう》段《だん》までおりて、そこから緑《みどり》ちゃんの小さいからだを、小林君のたおれている上へ、投《な》げおとしました。

やがて、はしごがズルズルと天井《てんじょう》に引きあげられ、穴ぐらの入り口は密閉《みっぺい》され、地下室は真《しん》のやみになってしまいました。

そのやみの中に、からだの自由《じゆう》をうばわれた、緑ちゃんと小林君とが、折《お》りかさなってたおれているのです。緑ちゃんは顔中《かおじゅう》を涙《なみだ》にぬらして泣《な》きいっているのですが、さるぐつわにさまたげられて、ウウウ……という、悲《かな》しげなうめき声がもれるばかりです。

ああ、かわいそうなふたりは、これからどうなっていくことでしょうか。

少年捜索隊《しょうねんそうさくたい》

ちょうどそのころ、篠崎君《しのざきくん》のおうちの近くの、養源寺《ようげんじ》の門前を、六人の小学校上級生《じょうきゅうせい》が、

何か話しながら歩いていました。

先頭に立っているのは、篠崎君《しのざきくん》の親友の、よくふとった桂正一君《かつらしょういちくん》です。桂君は、学校で篠崎君からこんどの事件《じけん》のことを聞いたものですから、まず、いとこの羽柴壮二君《はしばそうじくん》に電話をかけ、羽柴君から少年探偵団員《しょうねんたんていだんいん》に伝《つた》えてもらって、一同、桂君のところに勢《せい》ぞろいをしたうえ、篠崎家《しのざきけ》を訪問《ほうもん》することになったのです。団員のうち三人は、さしつかえがあって、集《あつ》まったのは六人だけでした。

少年探偵団員たちは、仲間《なかま》のうちに何か不幸《ふこう》があれば、かならず助《たす》けあう、というかたい約束《やくそく》をむすんでいました。いま、団員篠崎始君《だんいんしのざきはじめくん》のおうちは、おそろしい悪魔《あくま》におそわれています。しかも、それが、このあいだから、東京中《とうきょうじゅう》をさわがせている「黒い怪物《かいぶつ》」なのですから、少年探偵団は、もう、じっとしているわけにはいきませんでした。ことに彼《かれ》らの団長の小林少年《こばやししょうねん》が、篠崎君の請《こ》いにおうじて、出動《しゅつどう》したことがわかっているものですから、一同、いよいよ勇《いさ》みたったのです。「黒い怪物」は、ぜひ、われわれの手でとらえて、少年探偵団の手なみを見せようではないかと、団員は、もう、はりきっているのです。

桂正一君は、養源寺《ようげんじ》の門前まで来ると、そこに立ちどまって、いつかの晩《ばん》の冒険《ぼうけん》について、一同に語りきかせました。読者諸君《どくしゃしょくん》は、そのとき、黒い怪物が養源寺の墓地《ぼち》の中で、消《き》えうせるように姿《すがた》をかくしてしまったことを記憶《きおく》されているでしょう。

「ほんとうにかき消《け》すように見えなくなってしまったんだよ。ぼくは、お化《ば》けなんか信《しん》じないけれど、墓地《ぼち》の中だろう、それにまっくらな夜だろう、さすがのぼくもゾーッとふるえあがって、やにわに逃《に》げだしてしまったのさ。その墓地っていうのは、この本堂《ほんどう》の裏手《うらて》にあるんだよ。」

桂君《かつらくん》はそういいながら、お寺《てら》の門内にはいって、本堂の裏手を指《ゆび》さしました。少年たちも桂君といっしょにゾロゾロと門内にはいり、たそがれ時《どき》の、ものさびしい境内《けいだい》を、あちこちと見まわしていましたが、最年少《さいねんしょう》の羽柴壮二君《はしばそうじくん》が、何を発見《はっけん》したのか、びっくりしたように、桂君の腕《うで》をとらえました。

「正一君《しょういちくん》、あれ、あれ、あすこを見たまえ。なんだかいるぜ。」

ほとんどふるえ声になって、壮二君が指さすところを見ますと、いかにも、門の横《よこ》のいけがきのそばの低《ひく》い樹木《じゅもく》のしげみの中に、何かモコモコとうごめいているものがあります。それが、どうやら人間の足らしいのです。人間の足が、しげみの中からニューッとあらわれて、まるでいも虫みたいに、動《うご》いているのです。

一同それに気づくと、いくら探偵団《たんていだん》などといばっていても、やっぱり子どものことですから、ゾッとして立ちすくんでしまいました。おたがいに顔見あわせて、今にも逃げだしそうなようすです。

むりもありません。物《もの》の姿《すがた》のおぼろに見える夕暮《ゆうぐ》れ時《どき》、さびしいお寺の境内《けいだい》で、しかも桂君《かつらくん》の怪談《かいだん》を聞かされたばかりのところへ、うす暗《ぐら》いしげみの間から、ふいに人間の足があらわれたのですからね。おとなだって、おびえないではいられなかったでしょう。

「よし、ぼくが見とどけてやろう。」

さすがは相撲《すもう》の選手《せんしゅ》です。桂正一君《かつらしょういちくん》は、おびえる一同を、その場《ば》に残《のこ》して、ただひとり、しげみのほうへ近づいていきました。

「だれだっ、そこにかくれているのは、だれだっ。」

大声にどなってみても、相手《あいて》は少しも返事《へんじ》をしません。といって逃《に》げだすわけでもなく、いも虫のような足が、ますますはげしく動くばかりです。

桂君は、また二、三歩前進《ぜんしん》して、しげみのかげをのぞきました。そして、何を見たのか、ギョッとしたように立ちすくみましたが、いきなりうしろをふりむくと、一同を手まねきするのです。

「早く来たまえ。人がしばられているんだよ。ふたりの人が、ぐるぐる巻《ま》きにしばられて、ころがっているんだよ。」

お化《ば》けではないとわかると、団員《だんいん》たちは、にわかに勢《いきお》いづいて、その場《ば》へかけだしました。

見ると、いかにも、そのしげみのかげに、ふたりのおとなが、手と足を、めちゃくちゃにしばられ、さるぐつわをはめられて、よこたわっていました。そのうちのひとりは、着物《きもの》をはぎとられたとみえて、シャツとズボン下ばかりの、みじめな姿《すがた》です。

「おや、これは篠崎君《しのざきくん》とこの秘書《ひしょ》だぜ。」

桂少年《かつらしょうねん》は、そのシャツ一枚《まい》の青年を指《ゆび》さしてさけびました。

それから、六人がかりで、なわをとき、さるぐつわをはずしてやりますと、ふたりのおとなは、やっと口がきけるようになって、事《こと》のしだいを説明《せつめい》しました。

しばられていたのは、シャツ一枚のほうが篠崎家《しのざきけ》の秘書今井君《ひしょいまいくん》、もうひとりの洋服《ようふく》の男は、篠崎家お出入りの自動車運転手《じどうしゃうんてんしゅ》でした。

ふたりの説明《せつめい》を聞くまでもなく、もう読者諸君《どくしゃしょくん》にはおわかりでしょうが、今井君が、主人《しゅじん》のいいつけで自動車を呼《よ》びに行き、気心《きごころ》の知れた運転手をえらんで、同乗《どうじょう》して篠崎家へひっかえす途中《とちゅう》、この養源寺《ようげんじ》の門前にさしかかると、とつぜんふたりの覆面《ふくめん》をした怪漢《かいかん》に呼びとめられ、ピストルをつきつけられて、有無《うむ》をいわせず、しばりあげられてしまったというのです。

そして、その怪漢のひとりが、今井君の洋服《ようふく》をはぎとって、今井君に変装《へんそう》をして、ふたりは、うばいとった自動車にとび乗《の》ると、そのまま運転をして、どこかへ走りさってし

まったのだそうです。

団員《だんいん》たちは、ふたりのおとなといっしょに、ただちに篠崎家《しのざきけ》にかけつけ、事《こと》のしだいを報告《ほうこく》しました。それをお聞きになった篠崎君のおとうさま、おかあさまは、もう、まっさおになっておしまいになりました。

ふたりがこんなめにあわされたからには、さいぜんの自動車《じどうしゃ》は、インド人が変装《へんそう》して運転《うんてん》していたのにちがいない。すると、緑《みどり》ちゃんも小林君《こばやしくん》も、今ごろは、彼《かれ》らの巣窟《そうくつ》につれこまれて、どんなひどいめにあっているかわからないのです。

すぐさま警察《けいさつ》へ電話がかけられる。まもあらせず、所轄警察署《しょかつけいさつしょ》からはもちろん、警視庁《けいしちょう》からも、捜査係長《そうさかかりちょう》、その他《た》が自動車をとばしてくる、篠崎家は、上を下への大さわぎになりました。

さいわい、自動車の番号《ばんごう》がわかっているものですから、たちまち全都《ぜんと》の警察へ、その番号の自動車をさがすように手配《てはい》がおこなわれましたが、しかし、犯人《はんにん》のほうでも、まさかあの自動車を、そのまま門前にとめておくはずはなく、おそらくどこか遠いところへ運転していって、道ばたにすてさったにちがいありませんから、たとえ自動車が発見《はっけん》されたとしても、賊《ぞく》の巣窟をつきとめることは、むずかしそうに思われます。

いっぽう、篠崎始君《しのざきはじめくん》をくわえた、七人の少年探偵団員《しょうねんたんていだんいん》は、なるべく、おとなたちのじゃ

まをしないように、門の前に勢《せい》ぞろいをして、いろいろと相談《そうだん》をしていましたが、ぼくたちも、手をつかねてながめていることはない。警察《けいさつ》とはべつに、できるだけはたらいてみようではないかということになり、七人が手分けをして、自動車《じどうしゃ》の走りさった方角を、ひろく歩きまわり、例《れい》の聞きこみ捜査《そうさ》をはじめることに一決《いっけつ》しました。

賊《ぞく》の自動車が、玉川電車《たまがわでんしゃ》の線路《せんろ》をどちらへまがっていったかということだけはわかっていましたので、七人は肩《かた》をならべて、その方角へ歩いていきましたが、*四辻《よつつじ》に出くわすたびに、ふたりまたは三人ずつの組になって、枝道《えだみち》へはいっていき、たばこ屋《や》の店番《みせばん》をしているおばさんだとか、そのへんを歩いているご用聞きなどに、こういう自動車を見なかったかと、たんねんに聞きこみをやり、なんの手がかりもないばあいは、またもとの電車道《でんしゃみち》に引きかえして、つぎの四辻をさがすというふうに、なかなか組織的《そしきてき》な捜査方法《そうさほうほう》をとって、いつまでもあきることなく、歩きまわるのでした。

地　下　室

お話かわって、地下室に投げこまれた小林君《こばやしくん》と緑《みどり》ちゃんとは、まっ暗闇《くらやみ》の中で、しばらくは身動《みうご》きをする勇気《ゆうき》もなく、グッタリとしていましたが、やがて目が暗闇になれるにし

＊ 四つかど

たがって、うっすらとあたりのようすがわかってきました。それは畳《たたみ》六畳敷《じょうじ》きほどの、ごくせまいコンクリートの穴《あな》ぐらでした。ふつうの住宅《じゅうたく》にこんなみょうな地下室があるはずはありませんから、インド人たちが、この洋館《ようかん》を買いいれて、悪事《あくじ》をはたらくために、こっそりこんなものをつくらせたのにちがいありません。壁《かべ》や床《ゆか》のコンクリートも、気のせいか、まだかわいたばかりのように新しく感《かん》じられます。

小林君《こばやしくん》は、やっと元気をとりもどして、やみの中に立ちあがっていましたが、ただジメジメしたコンクリートのにおいがするばかりで、どこに一つすきまもなく、逃《に》げだす見こみなど、まったくないことがわかりました。

思いだされるのは、いつか戸山《とやま》ケ原《がはら》[*1]の二十面相《めんそう》[*2]の巣窟《そうくつ》に乗《の》りこんでいって、地下室にとじこめられたときのことです。あのときは、天井《てんじょう》につごうのよい窓《まど》がありました。そのうえ七つ道具《どうぐ》や、ハトのピッポちゃんを用意《ようい》していましたので、うまくのがれることができたのですが、こんどは、そんな窓もなく、まさか敵《てき》の巣窟《そうくつ》にとらわれようとは、夢《ゆめ》にも思いませんので、七つ道具の用意さえありません。こんなとき、万年筆型《まんねんひつがた》の懐中電灯《かいちゅうでんとう》でもあったらと思うのですが、それも持っていませんでした。

しかし、たとえ逃げだす見こみはなくとも、まんいちのばあいの用意に、からだの自由《じゆう》だけは得《え》ておかねばなりません。

＊1　現在の東京都新宿区の地名。当時は陸軍の射撃場などがあった
＊2　第1巻『怪人二十面相』での事件

そこで、小林君《こばやしくん》は、緑《みどり》ちゃんのそばへうしろ向《む》きによこたわり、少しばかり動《うご》く手先を利用《りよう》して、緑ちゃんのくくられているなわの結《むす》びめをとこうとしました。

暗闇《くらやみ》の中の、不自由《ふじゆう》な手先だけの仕事《しごと》ですから、その苦心《くしん》は、ひととおりでなく、長い時をついやしましたけれど、それでもやっと目的《もくてき》をはたして、緑ちゃんの両手《りょうて》を自由にすることができました。

すると、たった五つの幼児《ようじ》ですが、ひじょうにかしこい緑ちゃんは、すぐ、小林君の気持ちを察《さっ》して、まず、自分のさるぐつわをはずしてから、泣《な》きじゃくりながらも、小林君のうしろにまわり、手さぐりで、そのなわの結びめをといてくれるのでした。

それにも、また長いことかかりましたけれど、けっきょく、小林君も自由の身《み》となり、さるぐつわをとって、ホッと息《いき》をつくことができました。

「緑ちゃん、ありがとう。かしこいねえ。泣くんじゃないよ。今にね、警察《けいさつ》のおじさんが助《たす》けに来てくださるから心配《しんぱい》しなくてもいいんだよ。さあ、もっとこっちへいらっしゃい。」

小林君はそういって、かわいい緑ちゃんを引きよせ、両手《りょうて》でギュッとだきしめてやるのでした。

しばらくのあいだ、そうしているうちに、とつぜん、天井《てんじょう》にあらあらしい靴音《くつおと》がして、

ちょうど地下室への入り口あたりで立ちどまると、コトコトとみょうな物音《ものおと》がしはじめました。

目をこらして、暗《くら》い天井《てんじょう》を見あげていますと、はっきりとはわかりませんけれど、天井に小さな穴《あな》がひらいて、そこから何か太《ふと》い管《くだ》のようなものが、さしこまれているようすです。直径《ちょっけい》二十センチもある太い管です。

おや、へんなことをするな、いったいあれはなんだろうと、ゆだんなく身《み》がまえをして、とつなおもそこを見つめているうちに、ガガガ……というような音がしたかと思うと、とつじょとして、その太い管の口から、白いものが、しぶきをたてて、滝《たき》のように落《お》ちはじめました。水です。水です。

ああ、読者諸君《どくしゃしょくん》、このとき小林君《こばやしくん》のおどろきは、どんなでしたろう。

黒い怪物《かいぶつ》は、むごたらしくも、緑《みどり》ちゃんと小林君とを、水責《みずぜ》めにしようとしているのです。あのはげしさで落ちる水は、ほどもなく、たった六畳《じょう》ほどの地下室に、すきまもなく満《み》ちあふれてしまうにちがいありません。やがてふたりは、その水の中で溺死《できし》しなければならないのです。

そういううちにも、水は地下室の床《ゆか》いちめんに、洪水《こうずい》のように流《なが》れはじめました。もう、すわっているわけにはいきません。小林君は、緑ちゃんをだいて、水しぶきのかからぬす

みのほうへ、身《み》をさけました。

水は、そうして立っている小林君《こばやしくん》の足をひたし、くるぶしをひたし、やがてじょじょに、じょじょに、ふくらはぎのほうへはいあがってくるのです。

ちょうどそのころ、少年捜索隊《しょうねんそうさくたい》の篠崎君《しのざきくん》と桂君《かつらくん》の一組《ひとくみ》は、やっとのこと、インド人の自《じ》動車《どうしゃ》が通ったさびしい広っぱの近くへ、さしかかっていました。

この道は、今までのうちで、いちばんさびしいから、念入《ねんい》りにしらべてみなければならないというので、べつだんの聞きこみもありませんでしたけれど、あきらめないで歩いていますと、夕やみの広っぱへはいろうとする少し手前《てまえ》のところで、駄菓子屋《だがしや》の店あかりの前を、七、八歳《さい》の男の子が、向《む》こうからやってくるのに出あいました。

「おい、篠崎君、あの子どもの胸《むね》に光っている記章《きしょう》を見たまえ。なんだかぼくらのBD《ビーディー》バッジに似《に》ているじゃないか。」

桂君のことばに、ふたりが、子どもに近づいてみますと、その胸にかけているのは、まごうかたもなく、少年探偵団《しょうねんたんていだん》のBDバッジでした。

BDバッジというのは、小林君の発案《はっあん》で、ついこのあいだできあがったばかりの探偵団《たんていだん》員《いん》の記章でした。BDというのは、Boy《ボーイ》（少年）とDetective《ディテクティヴ》（探偵）のBとDとを模様《もよう》のように組みあわせて、記章の図案《ずあん》にしたことから名づけられたのです。

警戒《けいかい》するふうで、

「その記章《きしょう》、どこにあったの？　どっかでひろいやしなかったの？」

子どもをとらえてたずねてみますと、子どもは取りあげられはしないかと、警戒《けいかい》するふうで、

「ウン、あすこに落《お》ちていたんだよ。ぼくんだよ。ぼくがひろったから、ぼくんだよ。」

と、白い目でふたりをにらみました。

子どもが、あすこでひろったと指《ゆび》さしたのは、広っぱのほうです。

「じゃ、小林《こばやし》さんが、わざと落としていったのかもしれないぜ。」

「ウン、そうらしいね。重大《じゅうだい》な手がかりだ。」

ふたりは、勇《いさ》みたってさけびました。

小林少年が考案《こうあん》したBD《ビーディー》バッジには、ただ、団員《だんいん》の記章というほかに、いろいろな用途《ようと》があるのでした。まず第《だい》一は、重《おも》い鉛《なまり》でできているので、ふだんから、それをたくさんポケットの中へ入れておけば、いざというときの石つぶてのかわりになる。第二には、敵《てき》にとらえられたばあいなどに、記章の裏《うら》のやわらかい鉛の面《めん》へ、ナイフで文字を書いて、窓《まど》や塀《へい》の外へ投《な》げて、通信《つうしん》することができる。第三には、裏面《りめん》の針《はり》にひもをむすんで、水の深《ふか》さを計《はか》ったり、物《もの》の距離《きょり》を測定《そくてい》することができる。第四には、敵に誘拐《ゆうかい》されたばあいなどに、道にこれをいくつも落としておけば、方角を知らせる目じるしになる。というよう

に、小林君《こばやしくん》がならべたてたBD《ビーディー》バッジの効能《こうのう》は、十カ条《じょう》ほどもあったのです。

団員《だんいん》たちは、ちょうどアメリカの刑事《けいじ》のように、このバッジを洋服《ようふく》の胸《むね》の内側《うちがわ》につけて、何かのときには、そこをひらいてみせて、ぼくはこういうものだなどと、探偵《たんてい》きどりでじまんしていたのですが、その胸の記章《きしょう》のほかに、めいめいのポケットには、同じ記章が二十個《こ》から三十個ぐらいずつ、ちゃんと用意《ようい》してあったのです。

桂君《かつらくん》と篠崎君《しのざきくん》とは、男の子が、そのBDバッジを広っぱの道路《どうろ》でひろったと聞くと、たちまち、今いった、第《だい》四の用途《ようと》を思いだし、小林少年が捜索隊《そうさくたい》の道しるべとして、落《お》としていったものと、さとりました。

読者諸君《どくしゃしょくん》は、もうとっくにおわかりでしょう。小林君が自動車《じどうしゃ》の中で、インド人にしばられるとき、ソッとポケットからつかみだして、バンパーのつけねの上においた、五十銭《せん》銀貨《ぎんか》のようなものは、このBDバッジにほかならなかったのです。そして、その小林君の目的《もくてき》は、いま、みごとに達《たっ》せられたのです。

篠崎、桂の二少年は、用意の万年筆型懐中電灯《まんねんひつがたかいちゅうでんとう》をとりだすと、男の子に教えられた地点へ走っていって、暗《くら》い地面《じめん》を照《て》らしながら、もうほかに記章は落ちていないかと、熱心《ねっしん》にさがしはじめました。

「ああ、あった、あった。ここに一つ落ちている。」

懐中電灯《かいちゅうでんとう》の光の中に、新しい鉛《なまり》の記章《きしょう》がキラキラとかがやいているのです。

「敵《てき》の自動車《じどうしゃ》は、この道を通ったにちがいない。きみ、呼《よ》び子《こ》を吹《ふ》いて、みんなを集《あつ》めよう。」

ふたりはポケットの七つ道具《どうぐ》の中から、呼び子をとりだして、息《いき》をかぎりに吹きたてました。

夜の空に、はげしい笛《ふえ》の音がひびきわたりますと、まださほど遠くへ行っていなかった残《のこ》りの五人の少年が、彼らも呼び子で応《こた》えながら、どこからともなく、その場《ば》へ集まってきました。

「おい、みんな、この道にBDバッジが二つも落《お》ちていたんだ。小林《こばやし》さんが落としていったものにちがいない。もっとさがせば、まだ見つかるかもしれない。みんなさがしてくれたまえ。そして、落ちているバッジをたどっていけば、犯人《はんにん》の巣窟《そうくつ》をつきとめることができるんだ。」

桂少年《かつらしょうねん》のさしずにしたがって、五人の少年も、それぞれ万年筆型懐中電灯《まんねんひつがたかいちゅうでんとう》をとりだして、いっせいに地面《じめん》をさがしはじめました。そのさまは、まるで七ひきのホタルが、やみの中をとびまわっているようです。

「あった、あった。こんなところに、泥《どろ》まみれになっている。」

＊ 人を呼ぶあいずの笛

ひとりの少年が、少し先のところで、また、一つのバッジをひろいあげてさけびました。これで三つです。

「うまい、うまい。もっと先へ進《すす》もう。ぼくらは、こうして、だんだん黒い怪物《かいぶつ》のほうへ近づいているんだぜ。さすがに小林《こばやし》さんは、うまいことを考えたなあ。」

そして、七ひきのホタルは、やみの広っぱの中を、みるみる向《む》こうのほうへ遠ざかっていくのでした。

地下室では、もう水が一メートルほどの深《ふか》さになっていました。

緑《みどり》ちゃんをだいた小林君は、立っているのがやっとでした。水は胸《むね》の上まで、ヒタヒタとおしよせているのです。

天井《てんじょう》の管《くだ》からの滝《たき》は、少しもかわらぬはげしさで、ぶきみな音をたてて、降《ふ》りそそいでいます。

緑ちゃんは、この地獄《じごく》のような恐怖《きょうふ》に、さいぜんから泣《な》きさけんで、もう声も出ないほどです。

「こわくはない、こわくはない。にいちゃんがついているから、だいじょうぶだよ。ぼくはね、泳《およ》ぎがうまいんだから、こんな水なんてちっともこわくはないんだよ。そして、今

におまわりさんが、助《たす》けにいらっしゃるからね。いい子だから、ぼくにしっかりつかまっているんだよ。」

しかし、そういううちにも、水かさは刻一刻《こくいっこく》と増《ま》すばかり、小林君自身《こばやしくんじしん》が、もう不安《ふあん》にたえられなくなってきました。それに、春とはいっても、水の中は身《み》もこおるほどのつめたさです。

ああ、ぼくは緑《みどり》ちゃんといっしょに、この、だれも知らない地下室で、おぼれ死《し》んでしまうのかしら。道へ探偵団《たんていだん》のバッジを落《お》としておいたけれども、もし団員《だんいん》があすこを通りかからなかったら、なんにもなりゃしないのだ。明智先生《あけちせんせい》はどうしていらっしゃるかしら。こんなときに先生が東京《とうきょう》にいてくださったら、まるで奇跡《きせき》のようにあらわれて、ぼくらを救《すく》いだしてくださるにちがいないのだがなあ。

そんなことを考えているうちにも、水は、もうのどのへんまでせまってきました。からだが水の中でフラフラして、立っているのも困難《こんなん》なのです。

小林君は、緑ちゃんを背中《せなか》にまわして、しっかりだきついているようにいいふくめ、いよいよつめたい水の中を泳《およ》ぎはじめました。せめて手足を動《うご》かすことによって寒《さむ》さをわすれようとしたのです。

でもこんなことが、いつまでつづくものでしょう。緑ちゃんという重《おも》い荷物《にもつ》をせおった

小林君《こばやしくん》は、やがて力つきておぼれてしまうのではないでしょうか。いや、それよりも、もっと水かさが増《ま》して、天井《てんじょう》いっぱいになってしまったら、どうするつもりでしょう。そうなれば、泳《およ》ごうにも泳げはしないのです。息《いき》をするすきまもなくなってしまうのです。

消《き》えるインド人

ちょうどそのころ、篠崎始君《しのざきはじめくん》や、相撲選手《すもうせんしゅ》の桂正一君《かつらしょういちくん》や、羽柴壮二君《はしばそうじくん》などで組織《そしき》された、七人の少年捜索隊《しょうねんそうさくたい》は、早くもインド人の逃走《とうそう》した道すじを、発見《はっけん》していました。

それは小林君が、インド人に、かどわかされる道々、自動車《じどうしゃ》の上から落《お》としていった、少年探偵団《しょうねんたんていだん》のバッジが目じるしとなったのです。七人の捜索隊員《そうさくたいいん》は、夜道に落ち散《ち》っている銀色《ぎんいろ》のバッジをさがしながら、いつしか例《れい》のあやしげな洋館《ようかん》の門前まで、たどりついていました。

「おい、この家があやしいぜ。ごらん、門のなかにも、バッジが落ちているじゃないか。ほら、あすこにさ。」

目ざとく、それを見つけた羽柴少年が、桂正一君にささやきました。

「ウン、ほんとだ。よし、しらべてみよう。みんな伏《ふ》せるんだ。」

桂君《かつらくん》が手まねきをしながら、ささやき声で一同にさしずしますと、たちまち七人の少年の姿《すがた》が消《き》えてしまいました。イヤ、消えたといっても魔法《まほう》を使《つか》ったわけではありません。号令《ごうれい》いっか、みんながいっせいに、暗闇《くらやみ》の地面《じめん》の上に、腹《はら》ばいになって、伏《ふ》せの形をとったのです。団員《だんいん》一同《どう》、一糸みだれぬ、みごとな統制《とうせい》ぶりです。

そして、まるで黒いヘビがはうようにして、七人が洋館《ようかん》の門の中へはいり、地面をしらべてみますと、門から洋館のポーチまでの間に、五つのバッジが落《お》ちているのを発見《はっけん》しました。

「おい。やっぱり、ここらしいぜ。」

「ウン、小林団長《こばやしだんちょう》と緑《みどり》ちゃんとは、この家のどっかにとじこめられているにちがいない。」

「早く助《たす》けださなけりゃ。」

少年たちは伏せの姿勢《しせい》のままで、口々にささやきかわしました。

七人のうちで、いちばん身軽《みがる》な羽柴少年《はしばしょうねん》は、ソッとポーチにはいあがって、ドアのすきまからのぞいてみましたが、中はまっくらで、人のけはいもありません。

「裏《うら》のほうへまわって、窓《まど》からのぞいてみよう。」

羽柴君は、みんなにそうささやいておいて、建物《たてもの》の裏手《うらて》のほうへはっていきました。一同、そのあとにつづきます。

裏手《うらて》へまわってみますと、あんのじょう、二階《かい》の一室に電灯《でんとう》がついていて、窓《まど》が明るく光っています。しかし、二階ではのぞくことができません。

「なわばしごをかけようか。」

ひとりの少年が、ポケットをさぐりながら、ささやきました。少年探偵団《しょうねんたんていだん》の七つ道具《どうぐ》の中には、絹《きぬ》ひもで作った手軽《てがる》ななわばしごがあるのです。まるめてしまえばひとにぎりほどに小さくなってしまうのです。

「いや、なわばしごを投《な》げて、音がするといけない。それよりも肩車《かたぐるま》にしよう。さあ、ぼくの上へ、じゅんに乗《の》りたまえ。羽柴君《はしばくん》は、軽《かる》いからいちばん上だよ。」

桂正一少年《かつらしょういちしょうねん》は、そういったかと思うと、洋館《ようかん》の壁《かべ》に両手《りょうて》をついて、ウンと足をふんばりました。よくふとった相撲選手《すもうせんしゅ》の桂君は、肩車の踏《ふ》み台《だい》にはもってこいです。つぎには、中くらいの体格《たいかく》の一少年が、桂君の背中《せなか》によじのぼって、その肩の上に足をかけ、壁に手をついて身《み》がまえますと、こんどは身軽な羽柴君が、サルのようにふたりの肩にのぼり、二番めの少年の肩へ両足をかけました。

ころをはかって、今まで、背《せ》をかがめていた桂君と、二番めの少年とが、グッとからだをのばしました。すると、いちばん上の羽柴君の顔が、ちょうど二階の窓の下のすみにとどくのです。

まるで軽業《かるわざ》のような芸当《げいとう》ですが、探偵団員《たんていだんいん》たちは、日ごろから、いざというときの用意《ようい》に、こういうことまで練習《れんしゅう》しておいたのです。

羽柴君《はしばくん》は、窓《まど》わくに手をかけて、ソッと部屋《へや》の中をのぞきました。窓にはカーテンがさがっていましたけれど、大きなすきまができていて、部屋のようすは手にとるようにながめられました。

そこには、いったい何があったのでしょう。かねて予期《よき》しなかったのではありませんが、部屋の中のふしぎな光景《こうけい》に羽柴君はあやうく、アッと声をたてるところでした。

部屋のまんなかに、ふたりのおそろしい顔をしたインド人がすわっていました。墨《すみ》のように黒い皮膚《ひふ》の色、ぶきみに白く光る目、厚《あつ》ぼったいまっ赤なくちびる、服装《ふくそう》も写真《しゃしん》で見るインド人そのままで、頭にはターバンというのでしょう、白い布《ぬの》をグルグルと帽子《ぼうし》のように巻《ま》いて、着物《きもの》といえば、大きなふろしきみたいな白い布を肩《かた》からさげているのです。

インド人の前の壁《かべ》には、なんだか魔物《まもの》みたいなおそろしい仏像《ぶつぞう》の絵がかかって、その前の台の上には大きな香炉《こうろ》が紫色《むらさきいろ》の煙《けむり》をはいています。

ふたりのインド人は、すわったまま、壁の仏像に向《む》かって、しきりと礼拝《れいはい》しているのです。ひょっとしたら、小林少年《こばやししょうねん》と緑《みどり》ちゃんとを、魔法《まほう》の力で祈《いの》り殺《ころ》そうとしているのかもしれません。

見ているうちに、背中《せなか》がゾーッと寒《さむ》くなってきました。これが東京《とうきょう》のできごとなのかしら、もしや、おそろしい魔法《まほう》の国へでも、まよいこんだのじゃないかしら。羽柴君《はしばくん》はあまりのきみ悪《わる》さに、もう、のぞいている気がしませんでした。

急《いそ》いであいずをすると、下のふたりにしゃがんでもらって、地面《じめん》におり立ちました。そして、やみの中で顔をよせてくる六人の少年たちに、ささやき声で、室内のようすを報告《ほうこく》しました。

「いよいよそうだ。あんなにバッジが落《お》ちていたうえに、ふたりのインド人がいるとすれば、ここが、やつらの巣窟《そうくつ》にきまっている。」

「じゃ、ぼくたちで、ここの家へふみこんで、インド人のやつをとらえようじゃないか。」

「いや、それよりも、小林団長《こばやしだんちょう》と緑《みどり》ちゃんを助《たす》けださなくちゃ。」

「待ちたまえ、はやまってはいけない。」

口々にささやく少年たちをおさえて、桂正一君《かつらしょういちくん》が、おもおもしくいいました。

「いくらおおぜいでも、ぼくたちだけの力で、あの魔法使《まほうつか》いみたいなインド人を、とらえることはできないよ。もし、しくじったらたいへんだからね。だからね、みんなぼくのさしずにしたがって、部署《ぶしょ》についてくれたまえ。」

桂君はそういって、だれは表門《おもてもん》、だれは裏門《うらもん》、だれとだれは庭《にわ》のどこというように、建《たて》

物《もの》をとりまいて、少年たちで見はりをつとめるようにさしずしました。

「もし、インド人がこっそり逃《に》げだすのを見たら、すぐ、呼《よ》び子《こ》を吹《ふ》くんだよ。いいかい。それからね、篠崎君《しのざきくん》、きみはランニングがとくいだから、伝令《でんれい》の役《やく》をつとめてくれないか、この近くの電話のあるところまで走っていってね、きみの家へ電話をかけるんだ。犯人《はんにん》の巣窟《そうくつ》を発見《はっけん》しましたから、すぐ来てくださいってね。そのあいだ、ぼくらはここに見はりをしていて、けっしてやつらを逃がしやしないから。」

団長《だんちょう》がわりの桂君《かつらくん》は、てきぱきと、ぬけめなく指令《しれい》をあたえました。

篠崎君が、「よしッ」と答えて、やっぱり地面をはうようにしながら、立ちさるのを待って、残《のこ》る六人は、それぞれの部署《ぶしょ》にわかれ、四方から洋館《ようかん》を監視《かんし》することになりました。

しかし、そんなことをしているあいだに、小林君《こばやしくん》がおぼれてしまうようなことはないでしょうか。水が地下室の天井《てんじょう》までいっぱいになってしまうようなことはないでしょうか。ひょっとすると、まにあわないかもしれません。ああ、早く、早く。おまわりさんたち、早くかけつけてください。

それから篠崎君のしらせによって、ちょうど篠崎家に居《い》あわした、警視庁《けいしちょう》の中村捜査係《なかむらそうさかかり》長《ちょう》が、数名の部下《ぶか》をひきつれ、自動車《じどうしゃ》をとばして、洋館にかけつけるまでに、およそ二十分の時間がすぎました。ああ、その待ちどおしかったこと。

でも、少年捜索隊《しょうねんそうさくたい》がさいしょバッジをひろってから、もうたっぷり一時間はたっています。つまり小林君《こばやしくん》が緑《みどり》ちゃんをおぶって泳《およ》ぎだしてから、それだけの時がすぎさったのです。ああ、ふたりは、まだぶじでいるでしょうか。せっかくおまわりさんたちがかけつけたときには、もうおそかったのではないのでしょうか。

警官《けいかん》たちが到着《とうちゃく》したのを知ると、桂少年《かつらしょうねん》は、やみの中からかけだしていって、中村係長《なかむらかかりちょう》に、「犯人《はんにん》はまだ建物《たてもの》の中にいるにちがいない。だれも逃《に》げだしたものはなかった」ということを報告《ほうこく》しました。

中村係長は、桂君たちの手柄《てがら》をほめておいて、部下《ぶか》のふたりを建物の裏《うら》にまわし、自分は、ふたりの制服警官《せいふくけいかん》をしたがえて、ポーチにあがると、いきなり呼《よ》びりんのボタンをおすのでした。

二度《ど》、三度、ボタンをおしていると、内部《ないぶ》にパッと電灯《でんとう》がともり、人の足音がし、ドアのハンドルが動《うご》きました。

ああ、さすがのインド人も、とうとう運《うん》のつきです。訪問者《ほうもんしゃ》がおそろしい警官とも知らず、ノコノコ出むかえにやってくるとは。

中村係長は、建物の中にいるのは、ふたりのインド人だけと聞いているものですから、ドアがひらかれると同時に、おどりこんで、犯人をひっとらえようと、*捕縄《ほじょう》をにぎりしめ

＊犯人をしばるなわ

て待ちかまえていました。

ところが、ドアがパッとひらいてそこに立っていたのは、意外《いがい》にも、黒いインド人ではなくて、見るからにスマートな日本人の紳士《しんし》でした。

年のころは三十歳《さい》ぐらいでしょうか。ひきしまった色白の顔に、細くかりこんだ口ひげの美しい紳士が、折《お》り目《め》のついた、かっこうのいい背広服《せびろふく》を着《き》て、にこにこ笑《わら》いながらこちらを見ているのです。

「あなたは?」

中村係長《なかむらかかりちょう》は、めんくらって、みょうなことをたずねました。

「ぼくは、ここの主人《しゅじん》の春木《はるき》というものですが、よくおいでくださいました。じつは、ぼくのほうからお電話でもしようかと考えていたところです。」

ますます意外なことばです。さすがの警部《けいぶ》もキツネにでもつままれたような顔をして、

「この家に、ふたりのインド人がいるはずですが……。」

と、口ごもらないではいられませんでした。

「ああ、あなた方は、もう、インド人のことまでご承知《しょうち》なのですか。ぼくはあいつらが、こんな悪人《あくにん》とは知らないで、部屋《へや》を貸《か》していたのですが……。」

「すると、ふたりのインド人は、おたくの間借《まが》り人《にん》だったのですか。」

「そうなんです。しかし、まあ、こちらへおはいりください。くわしいお話をいたしましょう。」

紳士《しんし》は、そういいながら、先に立って奥《おく》のほうへはいっていきますので、中村係長《なかむらかかりちょう》と、ふたりの警官《けいかん》とは、ふしんながらも、ともかくそのあとにしたがいました。

「ここです。ふたりともぶじに救《すく》うことができましたよ。ぼくがもう一足おそかったら、かわいそうに命《いのち》のないとこでした。」

紳士は、またもや、わけのわからぬことをいって、とある部屋《へや》のドアをひらくと、警官たちをまねきいれるのでした。

中村係長は紳士のあとについて、一歩、部屋の中にふみこんだかと思うと、意外《いがい》の光景《こうけい》にハッとおどろかないではいられませんでした。

ごらんなさい。部屋のすみのベッドの中には、かどわかされた緑《みどり》ちゃんが、スヤスヤとねむっているではありませんか。その枕《まくら》もとのイスには、小林少年《こばやししょうねん》がおとなのナイト・ガウンを着《き》せられて、みょうなかっこうで、こしかけているではありませんか。

「これはいったい、どうしたというのです。」

中村係長は、あっけにとられてさけびました。

「こういうわけですよ。」

紳士《しんし》は係長《かかりちょう》にイスをすすめて、事《こと》のしだいを語りはじめました。

「ぼくは今、雇《やと》い人《にん》のコックとふたりきりで、独身生活《どくしんせいかつ》をしているのですが、きょうは朝から外出していて、つい今しがた帰ってみますと、家の中にだれもいないのです。二階《かい》の部屋《へや》を貸《か》してあるインド人たちもいなければ、コックの姿《すがた》も見えません。

どうしたんだろうと、ふしんに思って家中をさがしてみますと、やっと台所《だいどころ》のすみでコックを見つけることができましたが、それがおどろいたことには、手足をしばられたうえに、さるぐつわまではめられているのです。

なわをといてやって、ようすをたずねますと、二階のインド人が、どこからか帰ってきて、いきなりこんなめにあわせたのだというのです。いや、そればかりではありません。そして、コックのいいますには、インド人は、なんだか小さい子どもをつれて帰ったらしい。そして、その子どもを地下室へほうりこんだのではないかと思う。今しがたまで、かすかに子どもの泣《な》き声が聞こえていたと申《もう》すのです。

ぼくはおどろいて、すぐさま地下室へ行ってみますと、なんということでしょう。地下室はまるでタンクみたいに水がいっぱいになっていて、その中を、この小林君《こばやしくん》という少年が、小さいお嬢《じょう》さんをおぶって泳《およ》いでいるじゃありませんか、もう力がつきて、今にもおぼれそうなようすです。

ぼくは、むろんすぐふたりを救《すく》いあげましたが、小さいお嬢《じょう》さんのほうは、ひどく熱《ねっ》をだしているものですから、こうしてベッドに寝《ね》かしてあるのです。

それから、この小林君《こばやしくん》の話で、いっさいの事情《じじょう》がわかりましたので、ぼくは、お嬢さんのおたくと、警察《けいさつ》とへ、電話をかけようとしているところへ、ちょうど、あなた方が、おいでくださったというわけです。」

聞きおわった中村係長《なかむらかかりちょう》は、ホッとためいきをついて、

「そうでしたか。いや、おかげさまで、ふたりの命《いのち》を救うことができて、なによりでした……。しかし、インド人は、たしかにいないのでしょうね。じゅうぶんおさがしになりましたか。」

「じゅうぶんさがしたつもりですが、なお念《ねん》のために、あなた方のお力で捜索《そうさく》していただいたほうがいいと思います。」

「では、もう一度《ど》しらべてみましょう。」

そこで係長は裏口《うらぐち》へまわしておいたふたりの警官《けいかん》も呼《よ》びいれて、五人が手分けをして、おし入れといわず、天井《てんじょう》といわず、床下《ゆかした》までも、残《のこ》るところもなく捜索しましたが、インド人の姿《すがた》はどこにも発見《はっけん》されませんでした。

じつにふしぎというほかはありません。羽柴少年《はしばしょうねん》が二階《かい》の窓《まど》をのぞいてから、警官がつ

くまでの、わずか二十数分のあいだに、ふたりのインド人は、まるで煙《けむり》のように消《き》えうせてしまったのです。

建物《たてもの》の外には、六人の少年探偵団員《しょうねんたんていだんいん》が、注意《ちゅうい》ぶかく見はりをしていました。インド人は、どうしてその目をのがれることができたのでしょう。

いやいや、やつらは神変《しんぺん》ふしぎの魔法使《まほうつか》いです。建物の外へ出るまでもなく、あの二階《かい》の部屋《へや》の中で、何かの呪文《じゅもん》をとなえながら、スーッと消えうせてしまったのかもしれません。

読者諸君《どくしゃしょくん》は黒い魔物《まもの》が、養源寺《ようげんじ》の墓地《ぼち》の中で、それからもう一度《ど》は篠崎家《しのざきけ》の庭園《ていえん》で、かき消《け》すように姿《すがた》をかくしてしまったことをご記憶《きおく》でしょう。こんども、それと同じ奇跡《きせき》がおこなわれたのです。このふたりのインド人にかぎっては、物理学《ぶつりがく》の原理《げんり》があてはまらないのかもしれません。

むろん、中村係長《なかむらかかりちょう》はただちに、このことを警視庁《けいしちょう》に報告《ほうこく》し、東京全都《とうきょうぜんと》の警察署《けいさつしょ》、派出所《はしゅつじょ》にインド人逮捕《じんたいほ》の手配《てはい》をしましたが、一日たち二日たっても、怪《かい》インド人《じん》はどこにも姿をあらわしませんでした。やつらは姿を消したばかりではなく、飛行《ひこう》の術《じゅつ》かなんかで、海をわたって、とっくに本国へ帰ってしまったのではないでしょうか。

四つの謎《なぞ》

世田谷《せたがや》の洋館《ようかん》で、インド人が消《き》えうせた翌々日《よくよくじつ》、探偵事件《たんていじけん》のために東北地方《とうほくちほう》へ出張《しゅっちょう》していた明智名探偵《あけちめいたんてい》は、しゅびよく事件を解決《かいけつ》して東京《とうきょう》の事務所《じむしょ》へ帰ってきました。

帰るとすぐ、探偵は旅《たび》のつかれを休めようともしないで、書斎《しょさい》に助手《じょしゅ》の小林少年《こばやししょうねん》を呼《よ》んで、るす中の報告《ほうこく》を聞くのでした。

小林君《こばやしくん》は、もうすっかり元気を回復《かいふく》していました。聞けば、緑《みどり》ちゃんも翌日から熱《ねつ》もとれて、おとうさまおかあさまのそばで、きげんよく遊《あそ》んでいるということです。

小林君は明智先生の顔を見ると、待ちかねていたように、怪《かい》インド人事件《じんじけん》のことを、くわしく報告しました。

「先生、ぼくには何がなんだかさっぱりわからないのです。でも、みんなのいうように、あのインド人が魔法《まほう》を使《つか》ったなんて信じられません。何かしら、ぼくたちの知恵《ちえ》ではおよばないような秘密《ひみつ》があるのじゃないでしょうか。先生、教えてください。ぼくは早く先生のお考えが聞きたくてウズウズしていたんですよ。」

小林君は、明智先生を、まるで全能《ぜんのう》の神《かみ》さまかなんかのように思っているのです。この

世《よ》の中に、先生にわからないことなんて、ありえないと信《しん》じているのです。

「ウン、ぼくも旅先《たびさき》で新聞を読んで、いくらか考えていたこともあるがね。そう、きみのようにせきたてても、すぐに返事《へんじ》ができるものではないよ。」

明智探偵《あけちたんてい》は笑《わら》いながら、安楽《あんらく》イスにグッともたれこんで、長い足を組みあわせ、すきなエジプトたばこをふかしはじめました。

これは明智探偵が深《ふか》くものを考えるときのくせなのです。一本、二本、三本、たばこはみるみる灰《はい》になって、紫色《むらさきいろ》の煙《けむり》とエジプトたばこのかおりとが、部屋《へや》いっぱいにただよいました。

「ああ、そうだ、きみ、ちょっとここへ来たまえ。」

とつぜん、探偵はイスから立ちあがって、部屋のいっぽうの壁《かべ》にはりつけてある東京地《とうきょうち》図《ず》のところへ行き、小林少年《こばやししょうねん》を手まねきしました。

「養源寺《ようげんじ》というのは、どのへんにあるんだね。」

小林君《こばやしくん》は地図に近づいて、正確《せいかく》にその場所《ばしょ》をさししめしました。

「それから、篠崎君《しのざきくん》の家は？」

小林君は、またその場所をしめしました。

「やっぱりぼくの想像《そうぞう》したとおりだ。小林君、これがどういう意味《いみ》かわかるかね。ほら、

養源寺《ようげんじ》と篠崎家《しのざきけ》とは、町の名もちがうし、ひどくはなれているように感《かん》じられるが、裏《うら》ではくっついているんだよ。この地図のようすでは、あいだに二、三軒《げん》家があるかもしれないが、十メートルとはへだたっていないよ。」

探偵《たんてい》は、何か意味《いみ》ありげに微笑《びしょう》して、小林君《こばやしくん》をながめました。

「ああ、そうですね。ぼくもうっかりしていました。表側《おもてがわ》ではまるで別の町だものですから、ずっとはなれているように思っていたのです。でも、先生、それが何を意味しているんだか、ぼくにはよくわかりませんが。」

「なんでもないことだよ。まあ考えてごらん。宿題《しゅくだい》にしておこう。」

探偵はそういいながら、もとの安楽《あんらく》イスにもどって、また深々《ふかぶか》ともたれこみました。

「ところで、小林君、この事件《じけん》には常識《じょうしき》では説明《せつめい》のできないような点がいろいろあるね。それを一つかぞえあげてみようじゃないか、これが探偵学《たんていがく》の第《だい》一課《か》なんだよ。まず事件の中から奇妙《きみょう》な点をひろいだして、それにいろいろの解釈《かいしゃく》をあたえてみるというのがね、……。

この事件では、まず第《だい》一に黒い魔物《まもの》が、東京中《とうきょうじゅう》のほうぼうへ姿《すがた》をあらわして、みんなをこわがらせたね。犯人《はんにん》は、いったいなんの必要《ひつよう》があって、あんなばかなまねをしたんだろう。

こんどの犯罪《はんざい》の目的《もくてき》は、篠崎家《しのざきけ》の宝石《ほうせき》をぬすみだすことと、緑《みどり》ちゃんという女の子をかどわかすことなんだが、黒い魔物《まもの》がほうぼうにあらわれて、新聞に書かれたりすれば、わたしは、こんなまっ黒な人種《じんしゅ》ですよ、ご用心《ようじん》なさいと、まるで相手《あいて》に警戒《けいかい》させるようなものじゃないか。

それから、まだあるよ。黒い魔物はだんだん篠崎家に近づいてきて、そこでも、いろいろと見せびらかすようなまねをしている。そして、人ちがいをして、ふたりまで、よその女の子をかどわかしかけている。

宝石が篠崎家にあるということを、ちゃんと見とおして、わざわざインドから出かけてくるほどの用意周到《よういしゅうとう》な犯人《はんにん》に、そんな手ぬかりがあるものだろうか。緑ちゃんという女の子が、どんな顔をしているかくらい、まえもって調《しら》べがついていそうなものじゃないか。小林君《こばやしくん》、きみは、こういうような点が、なんとなくへんだと思わないかね。つじつまがあわないとは思わぬかね。」

「ええ、ぼくは、今までそんなこと少しも考えてませんでしたけれど、ほんとうにへんですね。あいつは、わたしはこういうインド人です、こういう人さらいをしますといって、自分を広告《こうこく》していたようなものですね。」

小林君は、はじめてそこへ気がついて、びっくりしたような顔をして、先生を見あげま

した。

「そうだろう。犯人《はんにん》はふつうならば、できるだけかくすべきことがらを、これ見よがしに広告《こうこく》しているじゃないか。小林君《こばやしくん》、この意味《いみ》がわかるかね。」

探偵《たんてい》はそういって、みょうな微笑《びしょう》をうかべましたが、小林君には、先生の考えていらっしゃることが、少しもわからぬものですから、その微笑が、なんとなくうすきみ悪《わる》くさえ感《かん》じられました。

「第《だい》二には、インド人が忍術使《にんじゅつつか》いのように消《き》えうせたというふしぎだ。一度《ど》は養源寺《ようげんじ》の墓地《ぼち》で、一度は篠崎家《しのざきけ》の庭《にわ》で、それからもう一度は世田谷《せたがや》の洋館《ようかん》で。これはもう、きみもよく知っていることだね。あの晩《ばん》、洋館のまわりには、六人の少年探偵団《しょうねんたんていだん》の子どもが見はっていたというが、その見はりは、たしかだったのだろうね。うっかり見のがすようなことはなかっただろうね。」

「それは桂君《かつらくん》が、けっして手ぬかりはなかったといっています。みんな小学生ですけれど、なかなかしっかりした人たちですから、ぼくも信用《しんよう》していいと思います。」

「表門《おもてもん》の見はりをしたのは、なんという子どもだったの。」

「桂君と、もうひとり小原君《おはらくん》っていうのです。」

「ふたりともいたんだね。それで、そのふたりは、春木《はるき》という洋館の主人《しゅじん》が帰ってくるの

を見たといっていたかね。」

「先生、そうです。ぼく、ふしぎでたまらないのです。ふたりは春木《はるき》さんの帰ってくるのを見なかったというのですよ。みんなは、まだインド人が二階《かい》にいるあいだに、それぞれ見はりの部署《ぶしょ》についたのですから、春木さんが帰ってきたのは、それよりあとにちがいありません。だから、どうしても桂君《かつらくん》たちの目の前を通らなければならなかったのです。まさか主人《しゅじん》が裏口《うらぐち》から帰るはずはありませんね。しかも、その裏口を見はっていた団員《だんいん》も、だれも通らなかったといっているのです。」

「フーン、だんだんおもしろくなってくるね。きみはそのふしぎを、どう解釈《かいしゃく》しているの？　警察《けいさつ》の人に話さなかったの？」

「それは桂君が中村《なかむら》さんに話したのだそうです。でも、中村さんは信用《しんよう》しないのですよ。ふたりのインド人が逃《に》げだすのさえ見のがしたのだから、春木さんのはいってくるのを気づかなかったのはむりもないって。子どもたちのいうことなんか、あてにならないと思っているのですよ。」

小林君《こばやしくん》は、少し憤慨《ふんがい》のおももちでいうのでした。

「ハハハ……、それはおもしろいね。ふたりのインド人が出ていったのも気づかないほどだから、春木さんのはいってくるのも見のがしたんだろうって？　ハハハ……」

明智探偵《あけちたんてい》は、なぜか、ひどくおもしろそうに笑《わら》いました。

「ところでね、きみは春木《はるき》さんに地下室から助《たす》けだされたんだね。むろん、春木さんをよく見ただろうね。まさかインド人が変装《へんそう》していたんじゃあるまいね。」

「ええ、むろんそんなことはありません。しんから日本人の皮膚《ひふ》の色でした。おしろいやなんかで、あんなふうになるもんじゃありません。長いあいだいっしょの部屋《へや》にいたんですから、ぼく、それは断言《だんげん》してもいいんです。」

「警察《けいさつ》でも、その後、春木さんの身《み》がらをしらべただろうね。」

「ええ、しらべたそうです。そして、べつに疑《うたが》いのないことがわかりました。春木さんは、あの洋館《ようかん》にもう三月《みつき》も住《す》んでいて、近所《きんじょ》のおまわりさんとも顔なじみなんですって。」

「ほう、おまわりさんともね。それはますますおもしろい。」

明智探偵は、なにかしらゆかいでたまらないという顔つきです。

「さあ、そのつぎは第三《だい》の疑問《ぎもん》だ。それはね、きみが篠崎家《しのざきけ》の門前で、緑《みどり》ちゃんをつれて自動車《じどうしゃ》に乗《の》ろうとしたとき、秘書《ひしょ》の今井《いまい》というのがドアをあけてくれたんだね。そのとき、きみは今井君の顔をはっきり見たのかね。」

「ああ、そうだった。ぼく、先生にいわれるまで、うっかりしていましたよ。そうです、

そうです。ぼく、今井《いまい》さんの顔をはっきり見たんです。たしかに、今井さんでした。それが、自動車《じどうしゃ》が動《うご》きだすとまもなく、あんなに黒くなってしまうなんて、へんだなあ。ぼく、なによりも、それがいちばんふしぎですよ。」

「ところが、いっぽうでは、その今井君が、養源寺《ようげんじ》の墓場《はかば》にしばられていたんだね。とすると、今井君がふたりになったわけじゃないか。いや、三人といったほうがいいかもしれない。墓地《ぼち》にころがっていた今井君と、自動車のドアをあけて、それから助手席《じょしゅせき》に乗《の》りこんだ今井君と、自動車の走っているあいだにインド人になった今井君と、合わせて三人だからね。」

「ええ、そうです。ぼく、さっぱりわけがわかりません。なんだか夢《ゆめ》をみているようです。」

小林君《こばやしくん》には、そうして明智探偵《あけちたんてい》と話しているうちに、この事件《じけん》のふしぎさが、だんだんはっきりわかってきました。もう魔法《まほう》をけなす元気もありません。小林君自身《じしん》が、えたいのしれない魔法にかかっているような気持ちでした。

「小林君、思いだしてごらん。その自動車の中でね、きみは、ふたりのインド人の首すじを見なかったかね。向《む》こうをむいている運転手《うんてんしゅ》と助手の首すじを見なかったかね。」

探偵が、またみょうなことをたずねました。

「首すじって、ここのところですか。」

小林君《こばやしくん》は、自分の耳のうしろをおさえてみせました。

「そうだよ。そのへんの皮膚《ひふ》の色を見なかったかね。」

「さあ、ぼく、それは気がつきませんでした。ああ、そうそう、ふたりとも鳥打《とりう》ち帽《ぼう》をひどくあみだにかぶっていて、耳のうしろなんかちっとも見えませんでした。」

「うまい、うまい、きみはなかなかよく注意《ちゅうい》していたね。それでいいんだよ。さあ、つぎは第《だい》四の疑問《ぎもん》だ。それはね、犯人《はんにん》は緑《みどり》ちゃんをなぜ殺《ころ》さなかったか、ということだよ。」

「え、なんですって。やつらはむろん殺すつもりだったのですよ。ぼくまでいっしょにおぼれさせてしまうつもりだったのですよ。」

「ところが、そうじゃなかったのさ。」

探偵《たんてい》は、また意味《いみ》ありげにニコニコと笑《わら》ってみせました。

「よく考えてごらん。インド人たちはコックをしばったけれど、主人《しゅじん》の春木《はるき》さんにたいしてはなんの用意《ようい》もしなかったじゃないか。春木さんは外出していて、いつ帰るかわからないのだよ。そして、帰ってくればコックの報告《ほうこく》を聞いて、地下室のきみたちを、助《たす》けだすかもしれないのだよ。もし助けだされたら、せっかくの苦心《くしん》が水のあわじゃないか。それをまるで気にもしないで、緑ちゃんの最期《さいご》も見とどけないで、逃《に》げだしてしまうなんて、

あの執念《しゅうねん》ぶかさとくらべて考えてみると、おかしいほど大きな手ぬかりじゃないか。現《げん》に、こうして、きみも緑《みどり》ちゃんも助《たす》かっているんだからね。インド人たちはなんのために、あれだけの苦労《くろう》をしたのか、まるでわけがわからなくなるじゃないか。

小林君《こばやしくん》、わかるかね、この意味《いみ》が。犯人《はんにん》はね、緑ちゃんを殺《ころ》す気なんて、少しもありゃしなかったのだよ。ハハハ……、おもしろいじゃないか。みんなお芝居《しばい》だったのだよ。」

探偵《たんてい》はまた、さもゆかいらしく笑《わら》いだしましたが、小林君には、その意味が少しもわからないのです。いったいぜんたい先生は何を考えていらっしゃるのだろう。それを思うと、なんだかこわくなるようでした。

「さあ、小林君、この四つの疑問《ぎもん》をといてごらん。これを四つともまちがいなくといてしまえば、こんどの事件《じけん》の秘密《ひみつ》がわかるのだよ。ぼくもそれを完全《かんぜん》にといたわけじゃない。これからたしかめてみなければならないことが、いろいろあるんだよ。しかし、ぼくには今、この事件の裏《うら》にかくれて、クスクス笑っているお化《ば》けの正体が、ぼんやり見えているんだよ。

ぼくは、こんなに、ニコニコしているけれど、ほんとうはそのお化けの正体に、ギョッとしているんだ。もし、ぼくの想像《そうぞう》があたっていたらと思うと、あぶら汗《あせ》がにじみだすほどこわいのだよ。」

明智探偵《あけちたんてい》は、ひじょうにまじめな顔になって、声さえ低《ひく》くして、さもおそろしそうにいうのでした。

その顔を見ますと、小林君《こばやしくん》はゾーッと背《せ》すじが寒《さむ》くなってきました。なんだかそのお化《ば》けが、うしろからバァーといって、とびだしてくるような気さえするのです。

「ところでね、小林君、もう一つ思いだしてもらいたいことがあるんだが、きみはさっき、春木《はるき》さんの顔をよく見たといったね。そのとき、もしやきみは……」

探偵はそこまでいうと、いきなり小林君の耳に口をよせて、なにごとかヒソヒソとささやきました。

「エッ、なんですって?」

それを聞くと、小林少年の顔がまっさおになってしまいました。

「まさか、まさか、そんなことが……」

小林君はほんとうにお化けでも見たように、そのお化けがおそいかかってくるのをふせぎでもするように、両手《りょうて》を前にひろげて、あとじさりをしました。

「いや、そんなにこわがらなくってもいい。これは、ぼくの気のせいかもしれないのだよ。ただね、今あげた四つの疑問《ぎもん》をよく考えてみるとね、みんなその一点を指《ゆび》さしているように思えるのだよ。だが、たしかめてみるまでは、なんともいえない。ぼくはきょうのうち

に、一度《ど》、春木《はるき》さんと会ってみるつもりだよ。春木さんの電話《でんわ》は何番だったかしら。」

それから、明智探偵《あけちたんてい》は電話帳《でんわちょう》をしらべて、春木氏《はるきし》に電話をかけるのでした。

読者諸君《どくしゃしょくん》、名探偵が小林君《こばやしくん》の耳にささやいたことばは、いったい、どんなことがらだったのでしょう。それを聞いた小林君は、なぜ、あれほどの恐怖《きょうふ》をしめしたのでしょう。

明智探偵は、四つの疑問《ぎもん》をといていけば、しぜんそのおそろしい結論《けつろん》に達《たっ》するのだといいました。諸君は、こころみにその謎《なぞ》をといてごらんなさるのも一興《いっきょう》でしょう。しかし、こんどの謎は、ずいぶん複雑《ふくざつ》ですし、その答えがあまりに意外《いがい》なので、そんなにやすやすとはとけないだろうと思います。つぎの章《しょう》は、その謎のとけていく場面《ばめん》です。そして、ゾッとするようなお化《ば》けが、正体をあらわす場面です。

さかさの首《くび》

明智探偵は、ふたりのインド人に部屋《へや》を貸《か》していた洋館《ようかん》の主人春木氏《しゅじんはるきし》に、一度会っていろいろきいてみたいというので、さっそく同氏に電話をかけて、つごうをたずねますと、昼間は少しさしつかえがあるから、夜七時ごろおいでくださいという返事《へんじ》でした。

探偵は電話の約束《やくそく》をすませますと、すぐさま事務所《じむしょ》を出かけました。春木氏に会うまで

に、ほかにいろいろしらべておきたいことがあるからということでした。

小林少年《こばやししょうねん》は、ぜひ、いっしょにつれていってください、とたのみましたが、きみは、まだつかれがなおっていないだろうからと、るす番を命《めい》じられてしまいました。

それから明智探偵《あけちたんてい》が、どこへ行って、何をしたか、それはまもなく読者諸君《どくしゃしょくん》にわかるときがきますから、ここには記《しる》しません。その夜の七時に、探偵が春木氏《はるきし》の洋館《ようかん》をたずねたところから、お話をつづけましょう。

青年紳士春木氏《せいねんしんしはるきし》は、自分で玄関《げんかん》へ出むかえて、明智探偵の顔を見ますと、ニコニコと、さもうれしそうにしながら、

「よくおいでくださいました。ご高名《こうめい》は、かねてうかがっております。いつか一度《ど》お目にかかってお話をうけたまわりたいものだとぞんじておりましたが、わざわざおたずねくださるなんて、こんなうれしいことはありません。さあ、どうか。」

と、二階《かい》のりっぱな応接室《おうせつしつ》に案内《あんない》しました。

ふたりは、テーブルをはさんで、イスにかけましたが、初対面《しょたいめん》のあいさつをしているところへ、三十歳《さい》ぐらいの白いつめえりの上着《うわぎ》を着《き》たコックが、紅茶《こうちゃ》を運《はこ》んできました。

「わたしは、妻《つま》をなくしまして、ひとりぼっちなんです。家族《かぞく》といっては、このコックとふたりきりで、家が広すぎるものですから、あんなインド人なんかに部屋《へや》を貸《か》したりして、

とんだめにあいました。でも、たしかな紹介状《しょうかいじょう》を持ってきたものですから、つい信用《しんよう》してしまいましてね。」

春木氏《はるきし》は、立ちさるコックのうしろ姿《すがた》を、目で追《お》いながら、いいわけするようにいうのでした。

それをきっかけに、明智探偵《あけちたんてい》は、いよいよ用件《ようけん》にはいりました。

「じつは、あの夜のことを、あなたご自身《じしん》のお口から、よくうかがいたいと思って、やってきたのですが、どうも、ふにおちないのは、ふたりのインド人が、わずかのあいだに消《き》えうせてしまったことです。

もう、ご承知《しょうち》でしょうが、子どもたちがむじゃきな探偵団《たんていだん》をつくっていましてね。あの晩《ばん》、中村係長《なかむらかかりちょう》たちが、ここへかけつける二十分ほどまえに、その子どもたちが、どの部屋《へや》ですか、ここの二階《かい》にふたりのインド人がいることを、ちゃんと、たしかめておいたのです。それが、警官《けいかん》たちよりも早くあなたがお帰りになったときに、もう、家の中にいなくなっていたというのは、じつにふしぎじゃありませんか。

そのあいだじゅう、六人の子どもたちが、おたくのまわりに、げんじゅうな見はりをつづけていたのです。表門《おもてもん》はもちろん、裏門《うらもん》からでも、あるいは塀《へい》を乗《の》りこえてでも、インド人が逃《に》げだしたとすれば、子どもたちの目をのがれることはできなかったはずです。」

すると、春木氏《はるきし》はうなずいて、

「ええ、わたしも、その点が、じつにふしぎでしかたがないのです。あいつらは、何かわれわれには想像《そうぞう》もできない、妖術《ようじゅつ》のようなものでもこころえていたのではないでしょうか。」

と、いかにも、きみ悪《わる》そうな表情《ひょうじょう》をしてみせました。

「ところが、もう一つ、みょうなことがあるのですよ。あなたがお帰りになったのは、子どもたちがインド人がいることをたしかめてから、警官《けいかん》が来るまでのあいだでした。すると、そのときはもう、子どもたちは、ちゃんと見はりの部署《ぶしょ》についていたはずなのですが……、あなたは、むろん表門《おもてもん》からおはいりになったのでしょうね。」

「ええ、表門からはいりました。」

「そのとき、表門には、ふたりの子どもが番をしていたのですよ。その子どもたちを、ごらんになりましたか。門柱《もんちゅう》のところに、番兵《ばんぺい》のように立っていたっていうのですが。」

「ほう、そうですか。わたしはちっとも気がつきませんでしたよ。ちょうどそのとき、子どもたちがわきへ行っていたのかもしれませんね。げんじゅうな見はりといったところで、なにしろ年端《としは》もいかない小学生のことですから、あてにはなりませんでしょう。」

「ところが、子どもというものはばかになりませんよ。何かに一心になると、おとなのよ

うに、ほかのことは考えませんからね。ぼくはこういうばあいには、おとなよりも子どものほうが信用《しんよう》がおけると思います。

ぼくはきょう、ここへおたずねするまえに、いろいろな用件《ようけん》をすませてきたのですが、その門番をつとめた子どもに会ってみるのも、用件の一つでした。そして、よく聞きただしてみますと、その子どもは、けっして持《も》ち場《ば》をはなれなかったし、わき見さえしなかったといいはるのです。子どもは、うそをつきませんからね。」

「で、その子どもは、わたしの姿《すがた》を見たといいましたか。」

「いいえ、見なかったというのです。門をはいったものも、出たものも、ひとりもなかったと断言《だんげん》するのです。」

明智探偵《あけちたんてい》は、そういって、じっと春木氏《はるきし》の美しい顔を見つめました。

「おやおや、すると、わたしまでがなんだか魔法《まほう》でも使《つか》ったようですね。これはおもしろい。ハハハ。」

春木氏はなんとなく、ぎごちない笑《わら》い方をしました。

「ハハハ……。」

明智探偵も、さもおかしそうに、声をそろえて笑いましたが、その声には、何かするどいとげのようなものがふくまれていました。

「二を引きさって、二を加《くわ》える。え、この意味《いみ》がおわかりですか。すると、もともどおりになりますね。かんたんな引《ひ》き算《ざん》と足《た》し算《ざん》です。」

探偵《たんてい》は何か謎《なぞ》のようなことをいったまま、またべつの話にうつりました。

「ところで、ぼくはきょう、養源寺《ようげんじ》の墓地《ぼち》と篠崎家《しのざきけ》の裏庭《うらにわ》で、おもしろいものを発見《はっけん》しましたよ。なんだと思います。その間《かん》をつなぐせまい廊下《ろうか》のぬけ穴《あな》なんですよ。

養源寺と篠崎家とは、町名《ちょうめい》がちがっているし、表門《おもてもん》はひどくはなれていますが、裏では十メートルほどのあき地をへだてて、まるでくっついているといってもいいのです。

インド人のやつは、この、ちょっと考えるとひじょうに遠いという、人間の思いちがいを利用《りよう》したのですよ。そして、そこにわけもなく地下道を作って、あの煙《けむり》のように消《き》えうせるという魔法《まほう》を使《つか》ってみせたのです。

養源寺の墓地には、古い石塔《せきとう》の台石を持ちあげると、その下にポッカリ地下道の入り口があいていましたし、篠崎さんの庭のほうは、穴の上に厚《あつ》い板《いた》をのせて、その板の上にいちめんに草のはえた土がおいてありました。ちょっと見たのでは、ほかの地面《じめん》と少しもちがいがないのです。穴のある近所《きんじょ》は、いろいろな木がしげっていて、うす暗《ぐら》いのですからね。なんとうまいカムフラージュじゃありませんか。

インド人は、墓地の中で消えうせたときには、この地下道から篠崎家へ逃《に》げこみ、篠崎

家の宝石《ほうせき》をぬすんだときには、やっぱり、この道を通って、養源寺《ようげんじ》のほうへぬけてしまったのです。その両方《りょうほう》の地面《じめん》は、表側《おもてがわ》は、まるでちがう町なんですからね、わかりっこありませんよ。ハハハ……、これがインド人の魔術《まじゅつ》の種《たね》あかしです。」

聞いているうちに、春木氏《はるきし》の顔に、ひじょうなおどろきの色がうかんできました。でも、しいてそれをおしかくすようにして、

「しかし、宝石をぬすむだけのために、どうしてそんな手数のかかるしかけをしたんでしょうね。もっと手がるな手段《しゅだん》がありそうなものじゃありませんか。」

と、なじるように、ききかえしました。

「そうです。おっしゃるとおり賊《ぞく》は、むだな手数をかけているのです。しかし、むだといえば、ほかにもっともっと大きなむだがあるのですよ。春木さん、そこがこの事件《じけん》の奇妙《きみょう》な点です。また、じつにおもしろい点なのです。」

明智探偵《あけちたんてい》は、それを説明《せつめい》するのがおしいというように、ことばを切って、相手《あいて》の顔をながめました。

「もっと大きなむだといいますと?」

「それはね、インド人がまっぱだかになって、隅田川《すみだがわ》を泳《およ》いでみせたり、東京中《とうきょうじゅう》の町々を、うろついてみせたりして、世間《せけん》をさわがせたことですよ。

それからまた、篠崎《しのざき》さんのお嬢《じょう》ちゃんと同じ年ごろの子どもを、二度《ど》も、わざとまちがえてさらったことですよ。

いったいなんのために、そんなむだなことをやってみせたのでしょう。春木《はるき》さん、あなたはどうお考えになります。」

「さあ、わたしにはわかりませんねえ。」

春木《はるき》氏《し》は青ざめた顔で、少しそわそわしながら答えました。

「おわかりになりませんか。じゃ、ぼくの考えを申《もう》しましょう。それはね、賊《ぞく》は広告《こうこく》をしたかったのですよ。わたしは、こんなまっ黒なインド人ですよ、わたしは篠崎家のお嬢ちゃんをさらおうとしていますよ、と世間《せけん》に向《む》かって、いや世間というよりも、篠崎のご主人《しゅじん》に向かって、これでもかこれでもかと、告《つ》げ知らせたかったのです。そして、篠崎さんが、さては、インド人が本国《ほんごく》から、のろいの宝石《ほうせき》を取りもどしにやってきたんだなと、信《しん》じこむようにしむけたのです。

なぜでしょう。なぜそんな、ばかばかしい広告をしたのでしょう。

もし、ほんとうのインド人が、復讐《ふくしゅう》のためにやってきたのなら、広告するどころか、できるだけ姿《すがた》を見られないように、世間《せけん》に知られないように骨《ほね》を折《お》るはずじゃありませんか。つまり、まるであべこべなのです。すると、その答えは、やっぱりあべこべでなければな

りません。」

「え、あべこべといいますと。」

春木氏《はるきし》が、びっくりしたように聞きかえしました。

ちょうどそのときでした。ふたりの会話《かいわ》の中のあべこべということばが、そのまま形となって、部屋《へや》のいっぽうの窓《まど》の外にあらわれたではありませんか。

ガラス窓のいちばん上のすみに、ひょいと人間の顔があらわれたのです。それが、まるで空からぶらさがったように、まっさかさまなのです。つまりあべこべなのです。

その男は、ガラス窓の外のやみの中から、髪《かみ》の毛《け》をダランと下にたらし、まっかにのぼせた顔で、さかさまの目で、部屋の中のようすをジロジロとながめています。

いったいどうして、人の顔が、空からさがってきたりしたのでしょう。じつに、ふしぎではありませんか。

いや、それよりもみょうなのは、春木氏がそのガラスの外のさかさまの顔を見ても、少しもおどろかなかったことです。その顔に何か目くばせのようなことをしました。

すると、さかさまの顔は、それに答えるようにあいずのまばたきをして、そのまま空のほうへスーッと消《き》えてしまいました。

いったいあれは何者《なにもの》でしょう。なんだか、ついさいぜん見たばかりのような顔です。あ

あ、そうです、そうです。ほかでもない春木氏《はるきし》のやとっているコックなのです。さっき紅茶《こうちゃ》を運《はこ》んできたコックなのです。

それにしても、なんというへんてこなことでしょう。コックが家の外の空中からぶらさがってきて、窓《まど》をのぞくなんて、話に聞いたこともないではありませんか。

でも、その窓は、ちょうど明智探偵《あけちたんてい》のまうしろにあったものですから、探偵はそんな奇妙《きみょう》な人の顔があらわれたことなど少しも知りませんでした。

みなさん、なんだか気がかりではありませんか。明智探偵はだいじょうぶなのでしょうか。もしやこの家には、何かおそろしい陰謀《いんぼう》がたくらまれているのではないでしょうか。

屋上《おくじょう》の怪人《かいじん》

明智探偵は何も知らずに話しつづけました。

「あべこべといいますのはね、この事件《じけん》の犯人《はんにん》は、彼《かれ》が見せかけようとしたり、広告《こうこく》したりしたのとは、まるで反対《はんたい》なものではないかということです。

つまり、犯人は黒いインド人ではなくて、その反対の白い日本人であった。篠崎《しのざき》さんのお嬢《じょう》ちゃんをさらったのも、いかにも宝石《ほうせき》につきまとうのろいのように見せかける手段《しゅだん》で、

けっして命《いのち》をとろうなどという考えはなかったということです。

それがしょうこに、緑《みどり》ちゃんも小林君《こばやしくん》も、ちゃんと助《たす》かっているじゃありませんか。もしほんとうに殺《ころ》すつもりだったら、あれほど苦心《くしん》してさらっておきながら、最期《さいご》も見とどけないで、立ちさってしまうわけがないのです。

すべては世間《せけん》の目を、べつの方面《ほうめん》にそらすための手段《しゅだん》にすぎなかったのですよ。それほどまでの苦労《くろう》をしなければならなかったのをみると、この犯人《はんにん》は、よほど世間に知れわたっているやつにちがいありません。ね、そうじゃありませんか。」

「では、あなたは、犯人はインド人じゃないとおっしゃるのですか。」

春木氏《はるきし》が、みょうにしわがれた声でたずねました。

「そうです。犯人は日本人にちがいないと思うのです。」

探偵《たんてい》は微笑《びしょう》をうかべながら、じっと春木氏の顔を見つめました。

「でも、たしかにインド人がいたじゃありませんか。わたしが部屋《へや》を貸《か》したことは、かりに信用《しんよう》していただけないとしても、ここの二階《かい》にいたのを子どもたちが見たということですし、聞けば、小林君とお嬢《じょう》ちゃんとが乗《の》った車の運転手《うんてんしゅ》と助手《じょしゅ》が、いつのまにか黒い男にかわっていて、ふたりはそれをたしかに見たといっていましたが。」

「ハハハ……、春木さん、それがみんなうそだったとしたら、どうでしょう。

小林君《こばやしくん》のいうところによりますと、最初《さいしょ》あの自動車《じどうしゃ》に乗《の》ったとき、助手席《じょしゅせき》にいたのは、たしかに篠崎《しのざき》さんの秘書《ひしょ》の今井君《いまいくん》だったそうです。それがどうして、とつぜん黒い男にかわったのでしょう。

いや、それればかりではありません。ちょうどそのころ、ほんものの今井君は、養源寺《ようげんじ》の境内《けいだい》に、手足をしばられてころがっていたのですよ。

ひとりの今井君が、同時に二カ所《しょ》にあらわれるなんて、まったく不可能《ふかのう》なことじゃありませんか。春木《はるき》さん、この点をぼくは、じつにおもしろく思うのです。こんどの事件《じけん》の謎《なぞ》をとく、いちばんたいせつなかぎが、ここにあると思うのですよ。」

それを聞くと、春木氏《はるきし》はニヤニヤとみょうな微笑《びしょう》をうかべて、さも感心《かんしん》したようにいうのでした。

「ああ、さすがは名探偵《めいたんてい》だ。あなたはそこまでお考えになっていたのですか。そして、そのふしぎはとけましたか。」

「ええ、とけましたよ。」

「ほんとうですか。」

「ほんとうですとも。」

そして、ふたりはしばらくのあいだ、だまりこんだまま、ひじょうに真剣《しんけん》な表情《ひょうじょう》になっ

て、にらみあっていました。まるで、おたがいの心の底《そこ》を見すかそうとでもしているようです。

「説明《せつめい》してください。」

春木氏《はるきし》は青ざめた顔に、いっぱい汗《あせ》の玉《たま》をうかべて、ためいきをつくようにいいました。

「自動車《じどうしゃ》の中で、ふたりのものが、とつぜん黒い男にかわったのは、子どもだましのようなかんたんな方法《ほうほう》です。ほかでもありません。車が走っているあいだに、うしろの客席《きゃくせき》から見えないように、ソッとうつむいて、用意《ようい》の絵《え》の具《ぐ》――たぶん、すすのようなものでしょう――それで顔と手を、まっ黒に染《そ》めたのです。

じつにわけのない話です。変装《へんそう》のうちで、黒い男に化《ば》けるほど、たやすいことはありませんからね。ぼくは念《ねん》のために、小林君《こばやしくん》に、うしろから見える首すじのあたりの色はどうだったとたずねてみましたが、そこは洋服《ようふく》のえりと鳥打《とりう》ち帽《ぼう》とで、少しも皮膚《ひふ》が見えないように、用心ぶかくかくしてあったということです。」

「で、今井《いまい》という秘書《ひしょ》が、同時に二カ所《しょ》にあらわれた謎《なぞ》は?」

春木氏は、まるではたしあいでもするような、おそろしく力のこもった声でたずねました。

「たいへん気がかりとみえますね、ハハハ……、それは、犯人《はんにん》が今井君をしばって、その

服《ふく》を着《き》こみ、顔まで今井君《いまいくん》に化《ば》けたと考えるほかに、方法《ほうほう》はありません。しかし、犯人《はんにん》が今井君とそっくりの顔になれるものでしょうか。ほとんど不可能《ふかのう》なことです。でもひろい日本に、たったひとりだけ、その不可能なことのできる人物《じんぶつ》がありま す。」

「それは?」

「二十面相《めんそう》です。」

探偵《たんてい》はじつに意外《いがい》な名前を、ズバリといって、じっと相手《あいて》の目の中をのぞきこみました。

息《いき》づまるようなにらみあいが、三十秒《びょう》ほどもつづきました。

「二十面相」とはだれでしょう。むろん読者諸君《どくしゃしょくん》はごぞんじのことと思います。二十のちがった顔を持《も》つといわれた、あの変装《へんそう》の大名人です。今は獄中《ごくちゅう》につながれているはずの、*希代《きだい》の宝石泥棒《ほうせきどろぼう》です。

「おい、二十面相君、しばらくだったなあ。」

明智探偵《あけちたんてい》が、おだやかなちょうしでいって、ポンと春木氏《はるきし》の肩《かた》をたたきました。

「な、なにをいっているんです。わたしが、二十面相ですって?」

「ハハ、しらばくれたって、もうだめだよ。ぼくは今しがた、刑務所《けいむしょ》へ行ってしらべてきたんだ。そして、あそこにいるのは、にせ者《もの》の二十面相だということがわかったのだ。

* 世にまれなこと

きみは、さいぜんから、ぼくがなぜ、あんな話をクドクドとしていたと思うのだい。それはね、話をしながら、きみの顔を読むためだったんだよ。つまりきみを試験《しけん》していたというわけさ。

するときみは、ぼくの話が進《すす》むにつれて、だんだん青ざめてきた。そわそわしだした。見たまえ。いっぱいあぶら汗《あせ》が出ているじゃないか。それが何よりの自白というものだ。二を引いて二を足《た》すと、もともとどおりだったねえ。つまり、きみときみのコックとが、今井君《いまいくん》と運転手《うんてんしゅ》に化《ば》けたうえ、少年探偵団《しょうねんたんていだん》の子どもたちをだますために、ふたりのインド人になって、みょうなお祈《いの》りまでして見せた。

そのインド人が、そのまま、もとのきみとコックにもどればよかったのだから、いくら見はっていても、インド人も逃《に》げださなければ、きみも外からはいってこなかったというわけさ。もともと四人ではなくて、ふたりきりのお芝居《しばい》だったんだからね。

だが、二十面相《めんそう》が人殺《ひとごろ》しをしないという主義《しゅぎ》をかえないのは感心《かんしん》だ。むろんきみは最初《さいしょ》から小林君《こばやしくん》と緑《みどり》ちゃんは、助《たす》けるつもりだったのだろうね。」

探偵《たんてい》がいいおわるかおわらぬに、部屋中《へやじゅう》にとほうもない笑《わら》い声がひびきわたりました。

「ワハハハ……、えらい、きみはさすが明智小五郎《あけちこごろう》だよ。よくそこまで考えたねえ。その骨折《ほねお》りにめんじて白状《はくじょう》してやろう。いかにもおれは、きみのこわがっている二十面相だよ。

だがねえ、明智君《あけちくん》、これはきみの大失敗《だいしっぱい》を、きみ自身《じしん》でしょうこだてたようなものなんだぜ。わかるかい。

きみはいつか、博物館《はくぶつかん》でおれを逮捕《たいほ》したつもりで、大いばりだったねえ。世間《せけん》も、やんやと喝采《かっさい》したっけねえ。

ところが、あれはみんなうそだったということになるじゃないか。え、探偵《たんてい》さん、きみもとんだやぶへびをしたもんだねえ。

つまらないせんさくだてをしないで、おれを見のがしておけば、きみはいつまでも英雄《えいゆう》でいられたんだぜ。それを、こんなことにしてしまっちゃ、きみの名折《なお》れじゃないか。博物館でとらえたのは、あれは二十面相《めんそう》でもなんでもない、ただのへっぽこ野郎《やろう》だったということを、世間に広告《こうこく》するようなもんじゃないか。

ハハハ……、ゆかいゆかい、おれがいったい、あんなへまをする男だとでも思っているのかい。白ひげの博物館長さんが、じつは怪盗《かいとう》二十面相《めんそう》だったなんて、いかにも明智先生ごのみの思いつきだ。つまりおれは、きみのとびつきそうなごちそうをこしらえて、お待ち申《もう》していたのさ。

するとあんのじょう、きみはわなにかかってしまった。博物館長に化《ば》けていたおれの部《ぶ》下《か》を、二十面相と思いこんでしまった。おれのほうで、そう思いこませるようにしむけた

のさ。

むりもないよ。おれにはきまった顔というものがないんだからね。おれ自身《じしん》でさえ、ほんとうの自分が、どんな顔なのか、わすれてしまったほどだからねえ。

だが、博物館《はくぶつかん》の前で、チョコチョコと逃《に》げだして、子どもたちに組みふせられるなんて、二十面相《めんそう》ともあろうものが、あんなへまをするとでも思っていたのかい。あれが二十面相の最期《さいご》では、ちっとばかりかわいそうというもんだよ。」

二十面相は、まくしたてるようにしゃべりつづけて、またしても、われるように笑《わら》うのでした。

「たいへんな勢《いきお》いだねえ。だが、昔《むかし》のことはともかくとして、けっきょく、勝利《しょうり》はぼくのものだったじゃないか。せっかくのインド人の大芝居《おおしばい》も、とうとう見やぶられてしまったじゃないか。」

明智探偵《あけちたんてい》は少しもさわがず、にこにこと微笑《びしょう》しながら答えました。

「インド人の大芝居か。おもしろかったねえ。おれはね、篠崎氏《しのざきし》があるところで、宝石《ほうせき》のいんねん話をしているのを、すっかり聞いてしまったんだよ。そして、むやみにあの宝石がほしくなったのさ。そこで、宝石を手に入れたうえ、世間《せけん》をアッといわせてやろうと、あの大芝居を思いついたのだよ。

インド人が犯人《はんにん》だとすれば、まさか二十面相《めんそう》をうたがうやつはないからね。ただ宝石《ほうせき》だけぬすんだのじゃあ、なにしろかねめのものだから、警察《けいさつ》の捜索《そうさく》がうるさいのでねえ。ところで、きみはおれをどうしようというのだい。たったひとりで、二十面相の本拠《ほんきょ》へとびこんでくるなんて、少し無謀《むぼう》だったねえ。気のどくだけれど、かえり討《う》ちだぜ、きみをもうこの部屋《へや》から一歩だって出しゃあしないぜ。」

二十面相は、追《お》いつめられたけだもののような、ものくるわしい形相《ぎょうそう》で、明智探偵《あけちたんてい》につかみかからんばかりです。

「ハハハ……、おい、二十面相君、ぼくがひとりぼっちかどうか、ちょっとうしろを向《む》いてごらん。」

探偵のことばに、二十面相はギョッとして、クルッと、うしろの戸口のほうをふりむきました。

すると、ああ、これはどうでしょう。いつのまにしのびこんだのか、いっぱいにひらかれたドアの外には、おしかさなるようにして、五人の制服警官《せいふくけいかん》が、いかめしく立ちはだかっていました。

「ちくしょうめ！　やりゃあがったな。」

二十面相は、ふいをうたれて、よろよろとよろめきながら、さもくやしそうにわめきま

した。そして、いきなり、いっぽうの窓《まど》のほうへかけよります。

「おい、窓からとびおりるなんて、つまらない考えはよしたほうがいいぜ。念《ねん》のためにいっておくがね、この家のまわりは、五十人の警官《けいかん》がとりかこんでいるんだよ。」

明智探偵《あけちたんてい》が二の矢をはなちました。

「ウー、そうか。よく手がまわったなあ。」

二十面相《めんそう》は窓をひらいて、暗闇《くらやみ》の地上を見おろすようなしぐさをしましたが、またクルッとこちらを向《む》いて、

「ところがねえ、たった一つ、きみたちの手のとどかない場所《ばしょ》があるんだよ。これがおれの最後《さいご》の切《き》り札《ふだ》さ。どこだと思うね。それはね、こうさ！」

いいはなったかと思うと、二十面相の上半身《じょうはんしん》が、グーッと窓の外へ乗《の》りだし、そのままサッとやみの空間へ消《き》えさってしまいました。

それはまるで機械《きかい》じかけの人形《にんぎょう》が、カタンとひっくりかえるような、目にもとまらぬ早わざでした。

二十面相は、いったい何をしたのでしょう。窓の外へとびおりて、逃《に》げさるつもりだったのでしょうか。しかし、明智探偵はうそをいったのではありません。この洋館《ようかん》のまわりは、ほんとうに数十人の警官隊《けいかんたい》がとりまいているのです。そのかこみを切りぬけて、逃げ

だすことなど思いもおよびません。

明智探偵《あけちたんてい》は、二十面相《めんそう》の姿《すがた》が窓《まど》の外に消《き》えたのを見ると、急《いそ》いでそこにかけより、地上を見おろしましたが、これはふしぎ、地上にはまったく人の姿がありません。

やみ夜《よ》とはいえ、階下《かいか》の部屋《へや》の窓あかりで、庭《にわ》がおぼろげに見えているのですが、その庭に、今とびおりたばかりの二十面相の姿がないのです。

「おい、ここだ、ここだ。きみはあべこべの理屈《りくつ》をわすれたのかい。おれはとびおりたのでなくて、昇天《しょうてん》しているんだぜ。悪魔《あくま》の昇天さ。ハハハ……。」

空中からひびく二十面相の声に、ひょいと上を見た探偵は、あまりの意外《いがい》さに、思わず「アッ」と声をたててしまいました。

ごらんなさい。二十面相はまるで軽業師《かるわざし》のように、大屋根《おおやね》からさがった一本の綱《つな》をつかんで、スルスルと屋上《おくじょう》へとのぼっていくではありませんか。ほんとうに悪魔の昇天です。

探偵には見えませんでしたけれど、大屋根の上には、白い上着《うわぎ》を着《き》た例《れい》のコックが、足をふんばって、屋根の頂上《ちょうじょう》にむすびつけた綱を、グングンと引きあげています。下からはたぐりのぼる力、上からは引きあげる力、その両方《りょうほう》の力がくわわって、二十面相はみるみる大屋根にのぼりつき、かわらの上にはいあがってしまいました。

さいぜん、窓からコックの顔がのぞいたのは、綱の用意《ようい》ができましたよというあいず

だったのです。彼《かれ》はたぶん綱《つな》のはしにからだをくりつけて、さかさまに窓《まど》の外へぶらさがったのでしょう。

こうして、怪盗《かいとう》の姿《すがた》は、またたくまに、明智探偵《あけちたんてい》の目の中から消《き》えてしまいましたが、しかし、屋根《やね》の上などへ逃《に》げあがって、いったいどうしようというのでしょう。さびしい一軒家《けんや》のことですから、まわりは四方ともあき地で、町中《まちなか》のように屋根から屋根をつたって逃げる手段《しゅだん》もありません。

それに、洋館《ようかん》ぜんたいが、おびただしい警官隊《けいかんたい》のために、とりまかれているのです。まったく袋《ふくろ》のネズミも同然《どうぜん》ではありませんか。屋根の上には飲《の》み水や食料《しょくりょう》があるわけでもないでしょうから、いつまでもそんな場所《ばしょ》にいることはできません。雨でも降《ふ》れば、ふたりはあわれな、ぬれネズミです。

「どうしたんです。あいつは屋根へ逃げたんですか。」

入り口にいた五人の警官が、明智探偵のそばにかけよって、口々にたずねました。

「そうですよ。じつにばかなまねをしたものです。われわれはただ、この家をとりかこんで、じっと待っていてもいいのですよ。そのうちに、やつらはつかれきって、降参《こうさん》してしまうでしょう。もう逮捕《たいほ》したも同じことです。」

探偵は、賊《ぞく》をあわれむようにつぶやきました。

警官《けいかん》たちはすぐさま階下《かいか》にかけおり、門の外に待機《たいき》している警官隊《けいかんたい》に、このことをつたえました。いや、教えられるまでもなく、警官隊のほうでも、もうそれを気づいていました。

命令《めいれい》いっか、五十人あまりのおまわりさんが、表口裏口《おもてぐちうらぐち》から門内になだれこみ、たちまち建物《たてもの》の四方に、アリものがさぬ円陣《えんじん》をはってしまいました。

指揮官中村捜査係長《しきかんなかむらそうさかかりちょう》のさしずで、ふたりの警官が、どこかへ走りさったかと思うと、やがて、五分もたたないうちに、付近《ふきん》の消防署《しょうぼうしょ》から、消防自動車《しょうぼうじどうしゃ》が邸内《ていない》にすべりこみ、機械《きかい》じかけの非常《ひじょう》ばしごがやみの大屋根《おおやね》めがけて、スルスルとのびあがりました。

そのはしごを、帽子《ぼうし》のあごひもをかけ、靴《くつ》をぬいで靴下ばかりになった警官が、つぎからつぎへとよじのぼり、懐中電灯《かいちゅうでんとう》をふり照《て》らしながら、屋根の上の大捕《おおと》り物《もの》がはじまりました。

二十面相《めんそう》とコックは、手をつなぐようにして、屋根の頂上近《ちょうじょうちか》くに立ちはだかっていました。大屋根にはいあがった警官たちは、それを遠まきにして、捕縄《ほじょう》をにぎりしめ、ゆだんなくジリジリと賊《ぞく》にせまっていきます。

「ワハハハ……」

やみの大空に、高笑《たかわら》いが爆発《ばくはつ》しました。賊たちは、この危急《ききゅう》のばあいに、何を思ったの

か、声をそろえて笑《わら》いだしたのです。

「ワハハハ……、ゆかいゆかい、じつにすばらしい景色《けしき》だなあ。ひとり、ふたり、三人、四人、五人、おお、登《のぼ》ってくる、登ってくる。おまわりさんで屋根《やね》がうずまりそうだ。諸君《しょくん》、足もとに気をつけて、すべらないように用心したまえ。夜露《よつゆ》でぬれているからね。ここからころがり落《お》ちたら、命《いのち》がないのだぜ。おお、そこへ登ってきたのは、中村警部君《なかむらけいぶくん》じゃないか。ご苦労《くろう》さま。しばらくだったねえ。」

二十面相《めんそう》は傍若無人《ぼうじゃくぶじん》にわめきちらしています。

「いかにもわしは中村だ。きさまも、とうとう年貢《ねんぐ》をおさめるときがきたようだね。つまらない虚勢《きょせい》をはらないで、神妙《しんみょう》にして、最後《さいご》を清《きよ》くするがいい。」

中村係長《なかむらかかりちょう》は、さとすようにどなりかえしました。

「ワハハ……、これはおかしい。最後だって？　きみたちは、おれを袋《ふくろ》のネズミとでも思っているのかい。もう逃《に》げ場《ば》がないとでも思っているのかい。ところが、おれはけっしてつかまえられないんだぜ。おれの仕事《しごと》はこれからだ。あんな宝石《ほうせき》一つぐらいで、年貢をおさめてたまるものか。

おい、中村君、ひとつ謎《なぞ》をかけようか。おれたちがこの大屋根の上から、どうして逃げだすかというのだ。とけるかい。ハハハ……、二十面相は魔術師《まじゅつし》なんだぜ。こんどは、ど

んなすばらしい魔術《まじゅつ》を使《つか》うか、ひとつあててみたまえ。」

賊《ぞく》はあくまで傍若無人《ぼうじゃくぶじん》です。

二十面相《めんそう》は虚勢《きょせい》をはっているのでしょうか。いや、どうもそうではなさそうです。何かたしかに逃《に》げだせるという確信《かくしん》を持っているらしく見えます。

しかし、四方八方からとりかこまれた、この屋根《やね》の上を、どうしてのがれるつもりでしょう。いったい、そんなことができるのでしょうか。

悪魔《あくま》の昇天《しょうてん》

中村係長《なかむらかかりちょう》は怪盗《かいとう》が何をいおうと、そんな口あらそいには応《おう》じませんでした。賊《ぞく》はなんの意味《いみ》もない、からいばりをしているのだと思ったからです。そこで、屋上《おくじょう》の警官《けいかん》たちに、いよいよ最後《さいご》の攻撃《こうげき》のさしずをしました。

それと同時に、十数名の警官が、口々に何かわめきながら、ふたりの賊をめがけて突進《とっしん》しました。屋根の上の警官隊《けいかんたい》の円陣《えんじん》が、みるみるちぢまっていくのです。

ふたりの賊は屋根の頂上《ちょうじょう》の中央《ちゅうおう》に、たがいに手をとりあって立ちすくんでいます。もうそれ以上《いじょう》どこへも動《うご》く場所《ばしょ》がないのです。

「ソレッ！」

というかけ声とともに、中村係長《なかむらかかりちょう》が、ふたりに向《む》かってとびかかっていきました。つづいてふたり、三人、四人、警官《けいかん》たちは賊《ぞく》をおしつぶそうとでもするように、四方からその場《ば》所《しょ》にかけよりました。

ところが、これはどうしたというのでしょう。中村係長がパッととびつくと同時に、ふたりの賊の姿《すがた》が、まるでかき消《け》すようになくなってしまったのです。

それとは知らぬ警官たちは、暗《くら》さのために、つい思いちがいをして係長に組みついていくというありさまで、しばらくのあいだは、何がなんだかわけのわからぬ同士《どうし》討《う》ちがつづきました。

係長のおそろしいどなり声に、ハッとしてたちなおってみますと、警官たちは、今まで自分たちのおさえつけていたのが、賊ではなくて上官《じょうかん》であったことを発見《はっけん》しました。まるでキツネにつままれたような感《かん》じです。

「あかりだ！　あかりだ！　だれか懐中電灯《かいちゅうでんとう》を……」

係長が、もどかしげにさけびました。

しかし、懐中電灯を持っていた人たちは、賊にとびかかるとき、屋根《やね》の上に投《な》げだしてしまったので、まっくらな中できゅうにそれをさがすわけにもいきません。ただうろたえ

るばかりです。

　すると、ちょうどそのときでした。屋根《やね》の上がとつぜんパッと明るくなったのです。まるで真昼《まひる》のような光景《こうけい》です。警官《けいかん》たちは、まぶしさに目もくらむばかりでした。

「ああ、*探照灯《たんしょうとう》だ！」

　だれかが、さもうれしげにさけびました。

　いかにもそれは、探照灯の光でした。

　見れば洋館《ようかん》の門内に、一台のトラックがとまっていて、その上に小型《こがた》の探照灯がすえつけられ、二名の作業服《さぎょうふく》を着《き》た技手《ぎしゅ》が、その強い光を屋根の斜面《しゃめん》に向《む》けているのでした。

　これは、警視庁《けいしちょう》そなえつけの移動探照灯《いどうたんしょうとう》なのです。

　中村係長《なかむらかかりちょう》は、賊《ぞく》が、やみの屋上《おくじょう》へ逃《に》げあがったと知ると、すぐさま消防署《しょうぼうしょ》へ使《つか》いを出しましたが、そのとき、もうひとりの警官には、電話で警視庁へ探照灯を持ってくることを依頼《いらい》させたのです。それが今つい、手早く探照灯を付近《ふきん》の電灯線にむすびつけ、屋根の上を照《て》らしはじめたのです。

　警官たちは、その真昼のような光の中で、キョロキョロと賊の姿《すがた》をさがしもとめました。そして、人々の目が、屋根の上から、だんだん空のほうにうつっていったときです。

「アッ、あれだ！　あれだ！」

＊夜間、遠くまで照らしだすようにした照明装置。サーチライト

ひとりの警官《けいかん》が、とんきょうな声をたてて、やみの大空を指《ゆび》さしました。

それと知ると、屋根《やね》の上の警官たちはもちろん、地上の数十名の警官たちも、あまりの意外《いがい》さに、アーッと、おどろきのさけび声をあげました。

ああ、ごらんなさい。二十面相《めんそう》は空にのぼっていたのです。悪魔《あくま》は昇天《しょうてん》したのです。

やみの空を、ぐんぐんとのぼっていく、大きな大きな黒いゴムまりのようなものが見えました。軽気球《けいききゅう》です。ぜんたいをまっ黒にぬった軽気球です。広告気球《アド・バルーン》の二倍《ばい》もある、まっ黒な怪物《かいぶつ》です。

その軽気球の下にさがったかごの中に、小さくふたりの人の姿《すがた》が見えます。黒い背広《せびろ》の二十面相と、白い上着《うわぎ》のコックです。彼《かれ》らは警官たちをあざわらうかのように、じっと下界《げかい》をながめています。

人々はそれを見て、やっと二十面相の謎《なぞ》をとくことができました。怪盗《かいとう》の最後《さいご》の切《き》り札《ふだ》はこの軽気球だったのです。ああ、なんという、とっぴな思いつきでしょう。ふつうの盗賊《とうぞく》などには、まるで考えもおよばない、ずばぬけた芸当《げいとう》ではありませんか。

二十面相はまんいちのばあいのために、この黒い軽気球を用意《ようい》しておいたのです。そして、今夜、明智探偵《あけちたんてい》と会う少しまえに、その軽気球にガスを満《み》たし、屋根の頂上《ちょうじょう》につなぎとめておいたのです。ぜんたいがまっ黒にぬってあるものですから、こんなやみ夜には、

通りがかりの人に発見《はっけん》される心配《しんぱい》もなかったわけです。

いや、通りがかりの人どころではありません。屋根《やね》の上の警官《けいかん》たちにさえ、この気球《ききゅう》は少しも気づかれませんでした。それというのも、さすがの警官たちも、まさか、軽気球《けいききゅう》とは思いもよらぬものですから、屋根ばかりを見ていて、その上のほうの空などは、ながめようともしなかったからです。また、たとえながめたとしても、やみの中の黒い気球がはっきり見わけられようとも考えられません。

ふたりの賊《ぞく》は警官たちに追《お》いつめられたとき、とっさに軽気球のかごにとびのり、つなぎとめてあった綱《つな》を切断《せつだん》したのでしょう。それが暗闇《くらやみ》の中の早わざだったものですから、とつぜんふたりの姿《すがた》が消《き》えうせたように感《かん》じられたのにちがいありません。

中村係長《なかむらかかりちょう》は、足ずりをしてくやしがりましたが、賊が昇天《しょうてん》してしまっては、もう、どうすることもできないのです。五十余名《よめい》の警官隊《けいかんたい》は、空をあおいで、口々に何かわけのわからぬさけび声をたてるばかりでした。

二十面相《めんそう》の黒軽気球は、下界《げかい》のおどろきをあとにして、ゆうゆうと大空にのぼっていきます。地上の探照灯《たんしょうとう》は、軽気球とともに高度を高めながら、暗闇の空に、大きな白いしまをえがいています。

その白いしまの中を、賊の軽気球は、刻一刻《こくいっこく》、その形を小さくしながら、高く高く、無《む》

限《げん》の空へと遠ざかっていきました。

かごの中のふたりの姿《すがた》は、とっくに見えなくなっていました。やがて、かごそのものさえも、あるかなきかに小さくなり、しまいには、軽気球《けいききゅう》が、テニスのボールほどの黒い玉になって、探照灯《たんしょうとう》の光の中をゆらめいていましたが、それさえも、いつしか、やみの大空にとけこむように、見えなくなってしまいました。

怪軽気球《かいけいききゅう》の最期《さいご》

「二十面相《めんそう》、空中にのがる」との報《ほう》が伝《つた》わると、警視庁《けいしちょう》や各警察署《かくけいさつしょ》はいうまでもなく、各新聞社の報道陣《ほうどうじん》は、たちまち色めきたちました。

時をうつさず、警視庁首脳部《しゅのうぶ》の緊急会議《きんきゅうかいぎ》がひらかれ、その結果《けっか》、探照灯によって賊《ぞく》のゆくえをつきとめることになりました。

まもなく東京付近《とうきょうふきん》の空には、十数条《すうじょう》の探照灯の光線が入りみだれました。戦争《せんそう》のようなさわぎです。都内の高層建築物《こうそうけんちくぶつ》の屋上《おくじょう》からも、いくつかの探照灯が照《て》らしだされ、警視庁や新聞社のヘリコプターは、夜が明けるのを待ってとびだすために、エンジンをあたためて待機《たいき》の姿勢《しせい》をとりました。

しかし、これほどの大さわぎをしても、黒い軽気球《けいききゅう》は、どうしても見つけることができませんでした。その夜は、空いちめんに雲が低《ひく》くたれていましたので、軽気球は雲の中へはいってしまったのかもしれません。けっきょく、せっかくの空中捜索《くうちゅうそうさく》も夜の明けるまでは、なんの効果《こうか》もなく終《お》わりました。

ところが、その翌朝《よくあさ》のことです。埼玉県熊谷市付近《さいたまけんくまがやしふきん》の人々は、夜のうちに晴れわたった青空に、何かまっ黒なゴム風船《ふうせん》のようなものがとんでいるのを発見《はっけん》して、たちまち大さわぎをはじめました。

その朝の新聞が、ゆうべの東京《とうきょう》でのできごとを大きく書きたてていたものですから、人々はすぐ黒い風船の正体をさとることができたのです。

賊《ぞく》の軽気球は、夜中から吹《ふ》きはじめた東南の風に送《おく》られて、夜のうちにここまでただよってきたものにちがいありません。

「二十面相《めんそう》だ。二十面相が空をとんでいるのだ。」

熊谷市内はもちろん、付近の町や村へも、そういうぶきみな声がひろがっていき、人々は家をからにして、街路《がいろ》へ走りいで、あるいは屋根《やね》の上にのぼって、青空にうかぶ黒い風船をながめました。

空には、かなり強い風が吹いているらしく、軽気球は、ひじょうな速度《そくど》で、北西の方向

にとんでいます。みるみるうちに村を越《こ》え、森を越え、熊谷市《くまがやし》の上空を通過《つうか》して、群馬県《ぐんまけん》のほうへとびさっていくのです。

熊谷市の警察署員《けいさつしょいん》は、とびさる風船《ふうせん》をながめて、地だんだをふんでくやしがりましたが、いくらくやしがっても、高射砲《こうしゃほう》で射《い》おとすこともできませんし、ヘリコプターをとばして機関銃《きかんじゅう》で射撃《しゃげき》するなどということは思いもよりません。ただ手をつかねて空を見まもるほかはないのでした。しかし、このことが電話によって東京《とうきょう》に伝《つた》えられますと、新聞社は、待ってましたとばかりに、それぞれ所属《しょぞく》のヘリコプターに出動《しゅつどう》を命《めい》じました。賊《ぞく》をとらえる望《のぞ》みはなくても、せめて怪軽気球《かいけいききゅう》を追跡《ついせき》して、その写真《しゃしん》を撮影《さつえい》したり、記事《きじ》をつくったりして、事件《じけん》の経過《けいか》を報道《ほうどう》するためです。

つごう四台のヘリコプターが、相前後《あいぜんご》して東京の空を出発《しゅっぱつ》しました。そして、おそろしいスピードをだして、ちょうど熊谷市と高崎市《たかさきし》のなかほどの空で、賊の軽気球に追《お》いついてしまったのです。

それから、群馬県南部《ぐんまけんなんぶ》の大空に、ときならぬ空中ページェント*がはじまりました。四台のヘリコプターは、四方から賊の軽気球をつつむようにして、とんでいます。しかし、プロペラのない軽気球には、このかこみをやぶってのがれる力がありません。風のまにまに吹《ふ》きながされているばかりです。

＊野外劇のこと

二十面相《めんそう》は、今や自由《じゆう》をうばわれたも同然《どうぜん》です。とはいえ、ヘリコプターのほうでこれをきゅうにとらえる方法もありません。ただ、風船《ふうせん》と同じ速度《そくど》で飛行《ひこう》しながら、こんきよく追跡《ついせき》をつづけるほかはないのです。

このふしぎな空中ページェントの通過《つうか》する町や村の人たちは、仕事《しごと》も何もうちすてて、先をあらそって家の外にとびだし、空を見あげて口々に何かさけぶのでした。畑《はたけ》の農民《のうみん》もすき、くわを投《な》げだして空を見まもっています。小学校のガラス窓《まど》からは、男の子や女の子の顔が、鈴《すず》なりになっています。ちょうどその下を通りすぎる汽車の窓にも、空を見あげる人の顔ばかりです。

四台のヘリコプターは、ひし形の位置《いち》をとって、綱《つな》をはったように、黒い軽気球《けいききゅう》をまんなかにはさみながら、どこまでもどこまでもとんでいきます。

ときには一台のヘリコプターが、賊《ぞく》をおどかすように、スーッと軽気球の前をかすめたりします。二十面相は、どんな気持ちでいるのでしょう。この空の重囲《じゅうい》[*]におちいっても、まだ逃《に》げおおせるつもりなのでしょうか。

やがて、高崎市《たかさきし》の近くにさしかかったとき、とうとう二十面相の運《うん》のつきがきました。黒い軽気球はとつぜん浮力《ふりょく》をうしなったように、みるみる下降《かこう》をはじめたのです。

気球のどこかがやぶれて、ガスがもれているようすです。おお、ごらんなさい。今まで

＊いく重にも取りまいたかこみ

はりきっていた黒い気球《ききゅう》に、少しずつしわがふえていくではありませんか。

おそろしい光景《こうけい》でした。一分、二分、三分、しわは刻一刻《こくいっこく》とふえていき、気球はゴムまりをおしつぶしたような形にかわってしまいました。

風が強いものですから、下降《かこう》しながらも、高崎市《たかさきし》の方角へ吹《ふ》きつけられていきます。四台のヘリコプターは、それにつれて、かじを下に向けながら、ひし形の陣形《じんけい》をみだしませんでした。

高崎市の丘《おか》の上には、コンクリート造《づく》りの巨大《きょだい》な観音像《かんのんぞう》が、雲をつくばかりにそびえています。その前の広場にも、奇怪《きかい》な空のページェントを見物《けんぶつ》するために、多くの人がむらがっていたのですが、その人々は、どんな冒険映画《ぼうけんえいが》にも例《れい》のないような、胸《むね》のドキドキする光景《こうけい》を見ることができました。

晴れわたった青空を、急降下《きゅうこうか》してくる四台のヘリコプター、その先頭《せんとう》には、しわくちゃになったまっ黒な怪物《かいぶつ》が、もうまったく浮力《ふりょく》をうしなって、ひじょうな速力《そくりょく》で地上へとついらくしてくるのです。

傷《きず》ついた軽気球《けいききゅう》は、大観音像の頭の上にせまりました。サーッと吹きすぎる風に、しわくちゃの気球が、いまにも観音さまのお顔に巻《ま》きつきそうに見えました。

「ワーッ、ワーッ」というさけび声が、地上の群衆《ぐんしゅう》の中からわきおこります。

気球《ききゅう》は観音《かんのん》さまのお顔をなで、胸《むね》をこすって、黒い怪鳥《かいちょう》のように、地面《じめん》へと舞《ま》いくだってきました。そして、また、「ワーッ」とさけびながらあとじさりする群衆《ぐんしゅう》の前に、横《よこ》なぐりに吹《ふ》きつけられて、とうとう黒いむくろをさらしたのでした。

軽気球《けいききゅう》のかごは、横だおしになって地面に落《お》ち、風に吹かれるやぶれ気球のために、ズルズルと五十メートルほども引きずられて、やっと止まりました。中のふたりはかごといっしょにたおれたまま、気をうしなったのか、いつまでたっても起《お》きあがるようすさえ見えません。

新聞社の四台のヘリコプターは、賊《ぞく》の最期《さいご》を見とどけると、この付近《ふきん》に着陸場《ちゃくりくじょう》もないものですから、そのまま、また四羽のトビのように、青空高く舞いあがって、東京《とうきょう》の方角へと、とびさりました。

時をうつさず、群衆をかきわけて、数名の警官《けいかん》が、黒い気球の前にあらわれました。高《たか》崎《さき》の警察署《けいさつしょ》では、二十面相逃亡《めんそうとうぼう》のことは、ゆうべのうちに通知《つうち》を受《う》けていましたので、遠くの空に怪軽気球《かいけいききゅう》があらわれると、すぐそれと察《さっ》して、気球が下降《かこう》をはじめたころには、警官隊《けいかんたい》の自動車《じどうしゃ》が、観音像《かんのんぞう》の地点へと走っていたのでした。

警官たちは横だおしになった軽気球のかごにかけよって、かごから半身《はんしん》を乗《の》りだして気をうしなっている二十面相と、白い上着《うわぎ》のコックとを、いきなりだきおこそうとしました。

ところが、そのつぎの瞬間《しゅんかん》には、なんだかみょうなことがおこったのです。ふたりの賊《ぞく》を、なかばだきおこした警官《けいかん》たちが、何を思ったのか、とつぜん手をはなしてしまいました。すると、ふたりの賊はコツンと音をたてて、地面《じめん》へ投《な》げだされたのです。

「こりゃなんだ、人形じゃないか。」

「人形が風船《ふうせん》に乗《の》ってとんでいたのか。」

警官たちは、口々にそんなことをつぶやきながら、あっけにとられて顔を見あわせました。

ああ、なんということでしょう。せっかくとらえた賊は、血《ち》のかよった人間《にんげん》ではなくて、ろう細工《ざいく》の人形だったのです。よく洋服屋《ようふくや》のショーウインドーに立っているようなマネキン人形に、それぞれ黒い背広《せびろ》と白い上着《うわぎ》とが着《き》せてあったのです。

二十面相《めんそう》の悪知恵《わるぢえ》には奥底《おくそこ》がありませんでした。警察《けいさつ》はもとより、新聞社も、東京都民《とうきょうとみん》も、熊谷市《くまがやし》から高崎市《たかさきし》にかけての町々村々の人々も、二十面相のために、まんまと、いっぱい食《く》わされたわけです。ことに四つの新聞社のヘリコプターは、まったく、むだぼねを折《お》らされてしまったのです。

いや、それればかりではありません。二十面相は、そのうえに、もっとあくどいいたずらさえ用意《ようい》しておいたのです。

「おや、なんだか手紙《てがみ》のようなものがあるぜ。」

ひとりの警官《けいかん》が、ふとそれに気づいて、二十面相《めんそう》の身《み》がわりになった人形の上にかがみこみ、その胸《むね》のポケットから一通《つう》の封書《ふうしょ》をぬきとりました。

封筒《ふうとう》の表《おもて》には「警察官殿《けいさつかんどの》」と記《しる》し、裏《うら》には「二十面相」と署名《しょめい》してあるのです。封をひらいて読みくだしてみますと、そこにはつぎのような、にくにくしい文章《ぶんしょう》が書きつづってありました。

ハハハ……、ゆかいゆかい、諸君《しょくん》は、まんまといっぱい食《く》ったね。二十面相の知恵《ちえ》の深《ふか》さがわかったかね。

諸君が黒い風船《ふうせん》を、やっきとなって追《お》っかけまわすありさまが、目に見えるようだ。そして、やっととらえたと思ったら、人形だったなんて、じつにゆかいじゃないか。それを思うと、おれは吹《ふ》きだしそうになるよ。

ところで、明智君《あけちくん》には少しお気のどくみたいだったねえ。さすが名探偵《めいたんてい》といわれるほどあって、おれの正体を見やぶったのは感心《かんしん》だけれど、そいつが、とんだやぶへびになってしまった。明智君が、おせっかいさえしなけりゃ、おれのほうでも、こんなさわぎはおこさなかっただろうからね。

しかし、もう今となっては、とりかえしがつかない。明智君《あけちくん》のおかげで、二十面相《めんそう》はまた、大っぴらに仕事《しごと》ができるというもんだよ。

こうなれば、けっしてえんりょはしないぜ。これからは大手《おおで》をふって、二十面相の活動《かつどう》をはじめるんだ。

明智君によろしくいってくれたまえ。このつぎには、おれが、どんなすばらしい活動をはじめるか、よく見ていてくれってね。

じゃあ、諸君《しょくん》、あばよ。

二十面相は、まえもってこうなることを見こしてこの手紙を書き、人形に持たせておいたのです。手紙を読みおわると、警官《けいかん》は、あまりのことに、あいた口がふさがりませんでした。

ああ、なんという大胆不敵《だいたんふてき》、傍若無人《ぼうじゃくぶじん》の怪物《かいぶつ》でしょう。こんどこそは、さすがの名探偵《めいたんてい》明智小五郎《あけちこごろう》も、賊《ぞく》の先まわりをする力がなかったのです。黒い風船《ふうせん》の手品《てじな》に、まんまと、ひっかかってしまったのです。

では、あのとき、洋館《ようかん》の屋根《やね》の上から、賊はどこへ逃《に》げたのかといいますと、あとになってしらべた結果《けっか》、こういうことがわかりました。あの洋館の屋根の頂上《ちょうじょう》には、十枚《まい》ほ

どのかわらが、箱《はこ》のふたのようにひらくしかけになっていて、その下に屋根裏《やねうら》の秘密室《ひみっしっ》がこしらえてあったのです。

賊《ぞく》は中村係長《なかむらかかりちょう》にとらえられそうになったとき、まず人形をのせた風船《ふうせん》の綱《つな》を切っておいて、すばやくこの屋根裏部屋《やねうらべや》へ姿《すがた》をかくしたのですが、なにしろ、あんなやみ夜のことですから、ものなれた中村係長にも、そこまで見やぶることはできなかったのです。

人々は、ただもう、黒い風船に気をとられてしまいました。空中へ逃《に》げだすなんて、いかにも二十面相《めんそう》らしい、はなやかな思いつきですから、まさか、それがうそだろうとは、考えもおよばなかったのです。

屋根裏の秘密室だけでしたら、すぐに発見《はっけん》されていたにちがいありません。屋根の上で人間が消《き》えうせたとしたら、だれでもまず、かわらにしかけがあるのではないかとうたがうでしょうからね。

ところが、このなんでもないかくれ場所《ばしょ》が、いっぽうの黒い軽気球《けいききゅう》というずばぬけた思いつきによって、まったく人の注意《ちゅうい》をひかなくなってしまったのです。しかも、風船のかごの中には、二十面相やその部下《ぶか》とそっくりの人形が乗《の》っていたのですからね。

さて、軽気球がとびさりますと、洋館《ようかん》をとりかこんでいた警官隊《けいかんたい》は、ひとり残《のこ》らず引きあげてしまいました。明智探偵《あけちたんてい》も、ついゆだんをして、そこを立ちさったのです。

そのあとで、二十面相《めんそう》とその部下《ぶか》とは、屋根裏部屋《やねうらべや》で姿《すがた》をかえたうえ、例《れい》の麻《あさ》なわをつたって地上におり、大手《おおで》をふって門を出ていったというわけです。なんとまあ、あざやかな手品使《てじなつか》いではありませんか。

読者諸君《どくしゃしょくん》、怪盗《かいとう》二十面相《めんそう》は、こうしてふたたび、わたしたちの前にあらわれました。そして、名探偵明智小五郎《めいたんていあけちこごろう》に、にくにくしい挑戦状《ちょうせんじょう》をつきつけたのです。

むろん、指《ゆび》をくわえてひっこむようないくじのない明智探偵ではありません。今や探偵と怪人《かいじん》とは、まったく新《あら》たな敵意《てきい》をもって相対《あいたい》することになったのです。こんどこそ、死《し》にものぐるいの知恵《ちえ》くらべです。一騎《いっき》うちです。

黄金《おうごん》の塔《とう》

二十面相《めんそう》は、いよいよ正体《しょうたい》をあらわしました。そして、これからは大っぴらに、怪盗二十面相として、例《れい》の宝石《ほうせき》や美術品《びじゅつひん》ばかりをねらう、ふしぎな魔術《まじゅつ》の泥棒《どろぼう》をはじめようというわけです。

新聞によって、これを知った東京都民《とうきょうとみん》は、黒い魔物《まもの》のうわさを聞いたときにもまして、ふるえあがってしまいました。ことに美術品をたくさんたくわえている富豪《ふごう》などは、心配《しんぱい》

のために、夜もおちおちねむられないというありさまです。なにしろ、政府《せいふ》の博物館《はくぶつかん》までおそって、美術品《びじゅつひん》をすっかりぬすもうとしたほどの、おそろしい大盗賊《だいとうぞく》ですからね。

さて、軽気球《けいききゅう》さわぎがあってから、十日ほどのちのことです。東京《とうきょう》のある夕刊新聞《ゆうかんしんぶん》が、とつぜん、都民《とみん》をアッといわせるような、じつにおそろしい記事《きじ》を掲載《けいさい》しました。その記事というのは、

わが社編集局《しゃへんしゅうきょく》は、今暁《こんぎょう》、怪盗《かいとう》二十面相《めんそう》から一通《つう》の書状《しょじょう》を受けとった。怪盗は所定《しょてい》の広告料金《こうこくりょうきん》を封入《ふうにゅう》して、その書状の全文《ぜんぶん》を広告面《こうこくめん》に掲載してくれと申《もう》しこんできたが、本紙に盗賊《とうぞく》の広告をのせることはできない。むろんわが社はこの奇怪《きかい》な申しこみを謝《しゃ》絶《ぜつ》した。

右書状には、二十面相は、本月二十五日深夜《しんや》、大鳥時計店所蔵《おおとりとけいてんしょぞう》の有名《ゆうめい》な「黄金《おうごん》の塔《とう》」をぬすみだす決意《けつい》をした。従来《じゅうらい》の実例《じつれい》によってもあきらかなとおり、二十面相は、けっして約束《やくそく》をたがえない。明智小五郎君《あけちこごろうくん》をはじめ、その筋《すじ》では、じゅうぶん警戒《けいかい》されるがよろしかろう、という大胆不敵《だいたんふてき》の予告《よこく》が記《しる》されていた。

これは何者《なにもの》かのいたずらかもしれない。しかし、従来《じゅうらい》の二十面相のやり口を考えると、かならずしもいたずらとのみいいきれないふしがあるので、わが社は、この書状

をただちに警視庁《けいしちょう》当局《とうきょく》に提出《ていしゅつ》し、いっぽう大鳥時計店《おおとりとけいてん》にも、このおもむきを報告《ほうこく》した。

と記《しる》し、つづいて「黄金《おうごん》の塔《とう》」の由来《ゆらい》や、二十面相《めんそう》の従来《じゅうらい》の手口《てぐち》、明智名探偵《あけちめいたんてい》の訪問記事《ほうもんきじ》などを、ながながと掲載《けいさい》しました。社会面《しゃかいめん》六段《だん》ぬきの大見出《おおみだ》しで、明智探偵の大きな写真《しゃしん》までのせているのです。

新聞記事には、有名《ゆうめい》な「黄金の塔」とあります。いったい、どんなふうに有名なのでしょうか。それについて、少し説明《せつめい》しておかなければなりません。

大鳥時計店《おおとりとけいてん》というのは、＊1京橋《きょうばし》の一角に高い時計塔をもつ、東京《とうきょう》でも一、二をあらそう老舗《しにせ》です。そこの主人《しゅじん》大鳥清蔵老人《おおとりせいぞうろうじん》は、ひじょうにはでずきなかわり者《もの》で、大の浅草観音《あさくさかんのん》の信者《しんじゃ》なのですが、あるとき、浅草観音の五重《じゅう》の塔《とう》の模型《もけい》を商売《しょうばい》ものの純金《じゅんきん》でつくらせ、家宝《かほう》にすることを思いたちました。

そして、できあがったのは、屋根《やね》の広さ約《やく》十二センチ平方《へいほう》、高さ七十五センチという、りっぱな黄金塔で、こまかいところまで、浅草の塔にそっくりの、精巧《せいこう》な細工《さいく》でした。しかも、塔の中はからっぽではなく、すっかり純金《じゅんきん》でうずまっているのですから、ぜんたいの目方《めかた》は八十キロをこえ、材料《ざいりょう》の金だけでも時価《じか》＊2二十五万円ほどの高価《こうか》なものでした。

ちょうどこの黄金塔ができあがったころ、同業者《どうぎょうしゃ》の銀座《ぎんざ》の某時計店《ぼうとけいてん》に、ショーウイン

＊1 現在の中央区の一部　＊2 現在の約五億円

ドーやぶりの賊《ぞく》があって、そこに陳列《ちんれつ》してあった二万円*の金塊《きんかい》がぬすまれたというさわぎがおこったものですから、大鳥氏《おおとりし》は、せっかく苦心《くしん》をしてつくらせた黄金塔《おうごんとう》が、同じようにぬすまれてはたいへんだと、今まで店の間《ま》にかざっておいたのを、にわかに奥《おく》まった部屋《へや》にうつし、いろいろな防備《ぼうび》をほどこし、盗難《とうなん》にそなえました。

その奥座敷《おくざしき》は十畳《じょう》の日本間《にほんま》なのですが、まず、まわりのふすまや障子《しょうじ》をぜんぶ、がんじょうな板戸《いたど》にかえ、それに、いちいち錠前《じょうまえ》をつけ、かぎは主人《しゅじん》と支配人《しはいにん》の門野老人《かどのろうじん》のふたりだけが、はだ身《み》はなさず持っていることにしました。これが第《だい》一の関所《せきしょ》です。

もし賊が、この板戸をどうかしてひらくことができたとしても、その中には、さらに第二の関所があります。それは部屋のまわりの畳《たたみ》の下に電気《でんき》じかけがあって、賊がどこからはいったとしても、その部屋の畳をふみさえすれば、たちまち家中のベルが、けたたましく鳴りひびくという装置《そうち》なのです。

しかし、関所はこの二つだけではありません。第三のいちばんおそろしい関所が、最後《さいご》にひかえています。

黄金塔は、広さ六十センチ平方《へいほう》、高さ一メートル三十センチほどの、長い箱《はこ》の形をした、りっぱな木製《もくせい》のわくの中に入れて、その部屋の床《とこ》の間《ま》に安置《あんち》してあるのですが、この木のわくが、くせものなのです。

＊現在の約四千万円

本来《ほんらい》ならば、このわくには四方にガラスをはるわけですが、大鳥氏《おおとりし》はわざとガラスをはらず、だれでも自由《じゆう》に黄金塔《おうごんとう》に手をふれることができるようにしておきました。そのかわりに、わくの四すみの太い柱《はしら》のかげに、赤外線防備装置《せきがいせんぼうびそうち》という、おそろしいしかけがかくされていたのです。

四本の柱に三カ所《しょ》ずつ、つごう十二カ所に、赤外線を発射《はっしゃ》する光線《こうせん》をとりつけて、一口にいえば、黄金塔の上下左右を、目に見えぬ赤外光線のひもでつつんでしまってあるわけです。そして、もし、だれかが黄金塔に手をふれようとして、赤外線をさえぎりますと、べつの電気じかけに反応《はんのう》して、たちまちベルが鳴りひびくと同時に、そのさえぎったものの方向《ほうこう》へ、ピストルが発射《はっしゃ》されるというおそろしい装置です。木のわくの上下のすみには、外部《がいぶ》からは見えぬように、八丁《ちょう》の小型《こがた》ピストルが、実弾《じつだん》をこめて、まるで小さな砲台《ほうだい》のようにすえつけてあるのです。ただ、盗難《とうなん》をふせぐだけならば、黄金塔を大きな金庫《きんこ》の中へでも入れてしまえばいいのですが、大鳥氏は、せっかくこしらえさせたじまんの宝物《ほうもつ》を、人にも見せないで、しまいこんでおく気にはなれませんでした。そこで、気心《きごころ》の知れたお客《きゃく》さまには、じゅうぶん見せびらかすことができるように、こんな大げさな装置を考案《こうあん》したわけです。むろん、お客さまに見せるときは、わくの柱のかげにある秘密《ひみつ》のボタンをおして、赤外線の放射《ほうしゃ》をとめておくわけです。

高価《こうか》な純金《じゅんきん》の塔《とう》そのものも、たいへん世間《せけん》をおどろかせましたが、この念入《ねんい》りな防備装《ぼうびそう》置《ち》のうわさが、いっそう世評《せひょう》を高めたのです。むろん、大鳥時計店《おおとりとけいてん》では防備装置のことをかたく秘密《ひみつ》にしていたのですけれど、いつとはなく輪《わ》に輪をかけたうわさとなって、世間にひろがり、塔のおいてある部屋《へや》にはいると、足がすくみ、からだがしびれてしまうのだとか、鋼鉄《こうてつ》でできた人造人間《じんぞうにんげん》が番をしていて、あやしいものがしのびよれば、たちまちつかみ殺《ころ》してしまうのだとか、いろいろの奇妙《きみょう》な評判《ひょうばん》がたって、それが新聞にものり、今ではだれ知らぬもののないほどになっていました。

二十面相《めんそう》はそこへ目をつけたのです。一夜に百万円*もの美術品《びじゅつひん》をぬすんだこともある二十面相のことですから、黄金《おうごん》の塔《とう》そのものは、さほどほしいとも思わなかったでしょうが、それよりも、うわさに高いげんじゅうな防備装置にひきつけられたのです。人のおそれる秘密のしかけをやぶって、まんまと塔をぬすみだし、世間をアッといわせたいのにちがいありません。

「どうだ、おれには、それほどの腕《うで》まえがあるんだぞ。」

と、いばってみせたいのです。警察《けいさつ》や明智名探偵《あけちめいたんてい》を出しぬいて、「ざまをみろ」と笑《わら》いたいのです。二十面相ほどの盗賊《とうぞく》になりますと、盗賊にもこんな負《ま》けぬ気があるのです。

名探偵明智小五郎《めいたんていあけちこごろう》は、その夕刊新聞《ゆうかんしんぶん》の記事《きじ》を読みました。翌日《よくじつ》には、大鳥時計店の主人《しゅじん》

＊現在の約二十億円

が、わざわざ探偵《たんてい》の事務所《じむしょ》をたずねてきて、黄金塔《おうごんとう》の保護《ほご》を依頼《いらい》して帰りました。そして、名探偵《めいたんてい》は、むろんこの事件《じけん》をひきうけたのです。

前の事件で、軽気球《けいききゅう》のトリックにかかったのは、中村捜査係長《なかむらそうさかかりちょう》はじめ、警官隊《けいかんたい》の人たちでしたが、明智《あけち》にも責任《せきにん》がないとはいえません。賊《ぞく》に出しぬかれたうらみは、人いちばい感《かん》じているのです。こんどこそ、みごとに二十面相《めんそう》をとらえて恥辱《ちじょく》をそそがなければなりません。名探偵のまゆには深《ふか》い決意《けつい》の色がただよっていました。

ああ、なんだか心配《しんぱい》ではありませんか。怪盗《かいとう》二十面相《めんそう》は、どんな魔術《まじゅつ》によって、黄金塔をぬすみだそうというのでしょう。名探偵は、はたしてそれをふせぐことができるでしょうか。探偵と怪人《かいじん》の一騎《いっき》うちの知恵《ちえ》くらべです。悪人《あくにん》は悪人の名前にかけて、名探偵は名探偵の名前にかけて、おたがいに、こんどこそ負《ま》けてはならぬ真剣勝負《しんけんしょうぶ》です。

怪《かい》少《しょう》女《じょ》

それと知った助手《じょしゅ》の小林少年《こばやししょうねん》は、気が気ではありません。どうかこんどこそ、先生の手で二十面相がとらえられますようにと、神《かみ》さまに祈《いの》らんばかりです。

「先生、何かぼくにできることがありましたら、やらせてください。ぼく、こんどこそ、

命《いのち》がけでやります。」

大鳥氏《おおとりし》がたずねてきた翌日《よくじつ》、小林君《こばやしくん》は明智探偵《あけちたんてい》の書斎《しょさい》へはいっていって、*熱誠《ねっせい》を面《おもて》にあらわしてお願《ねが》いしました。

「ありがとう。ぼくは、きみのような助手《じょしゅ》を持ってしあわせだよ。」

明智はイスから立ちあがって、さも感謝《かんしゃ》にたえぬもののように、小林君の肩《かた》に手をあてました。

「じつは、きみにひとつたのみたいことがあるんだよ。なかなか大役《たいやく》だ。きみでなければできない仕事《しごと》なんだ。」

「ええ、やらせてください。ぼく、先生のおっしゃることなら、なんだってやります。いったい、それはどんな仕事なんです。」

小林君はうれしさに、かわいいほおを赤らめて答えました。

「それはね。」

明智探偵は、小林君の耳のそばへ口を持っていって、なにごとかささやきました。

「え？　ぼくがですか。そんなことできるでしょうか。」

「できるよ。きみならばだいじょうぶできるよ。ばんじ、用意《ようい》はおばさんがしてくれるはずだからね。ひとつうまくやってくれたまえ。」

＊ひたむきなまごころ

おばさんというのは、明智探偵《あけちたんてい》の若《わか》い奥《おく》さん文代《ふみよ》さんのことです。

「ええ、ぼく、やってみます。きっと先生にほめられるように、やってみます。」

小林君《こばやしくん》は、決心《けっしん》の色をうかべて、キッパリと答えました。

名探偵《めいたんてい》は何を命《めい》じたのでしょう。小林君が「ぼくにできるでしょうか」と、たずねかえしたほどですから、よほどむずかしい仕事《しごと》にちがいありません。いったい、それはどんな仕事なのでしょうか。読者諸君《どくしゃしょくん》、ひとつ想像《そうぞう》してごらんなさい。

それはさておき、いっぽう、怪盗《かいとう》の予告《よこく》を受けた大鳥時計店《おおとりとけいてん》のさわぎはひととおりではありません。十名の店員《てんいん》が交代《こうたい》で、寝《ね》ずの番をはじめるやら、警察《けいさつ》の保護《ほご》をあおいで、表《おもて》裏《うら》に私服刑事《しふくけいじ》の見はりをつけてもらうやら、そのうえ民間《みんかん》の明智探偵にまで依頼《いらい》して、もうこれ以上《いじょう》、手がつくせないというほどの警戒《けいかい》ぶりです。

主人《しゅじん》の大鳥清蔵氏《おおとりせいぞうし》は考えました。

「奥座敷《おくざしき》には例《れい》の三段《だん》がまえのおそろしい関所《せきしょ》があるのだし、そのうえ店員をはじめ、警察や私立探偵《しりつたんてい》の、これほどの警戒なのだから、いくら二十面相《めんそう》が魔法使《まほうつか》いだといっても、こんどこそは手も足も出ないにきまっている。わしの店《みせ》は、まるで難攻不落《なんこうふらく》の堡塁《*ほるい》のようなもんだからな。」

大鳥氏は、それを考えると、いささか得意《とくい》でした。「二十面相め、やれるものなら、

＊とりで

やってみろ」といわぬばかりの勢《いきお》いでした。

しかし、日がたつにつれて、この勢いは、みじめにもくずれていきました。安心《あんしん》が不安《ふあん》となり、不安が恐怖《きょうふ》となり、大鳥氏《おおとりし》は、もういても立ってもいられないほど、いらいらしはじめたのです。

それというのは、二十面相《めんそう》が毎日毎日、ふしぎな手段《しゅだん》によって、犯罪《はんざい》の予告《よこく》を、くりかえしたからです。

夕刊新聞《ゆうかんしんぶん》に予告の記事《きじ》が発表《はっぴょう》されたのは、十六日のことで、問題《もんだい》の二十五日までは九日間のよゆうがあったのですが、二十面相は、あの新聞記事だけではまんぞくしないで、それ以来《いらい》というもの、毎日毎日、「さあ、もうあと八日しかないぞ」「さあ、あと七日しかないぞ」と大鳥氏へ、残《のこ》りの日数を知らせてくるのです。

最初《さいしょ》は、大きな字でただ「8」と書いたハガキが配達《はいたつ》されました。そのつぎの日は、公衆電話《こうしゅうでんわ》から電話がかかってきて、主人《しゅじん》が電話口に出ますと、先方はみょうなしわがれ声で、「あと七日だぜ」といったまま、ぷっつりと電話を切ってしまいました。

その翌朝《よくあさ》のこと、店の戸をあけていた店員《てんいん》たちが、何か大さわぎをしていますので、行ってみますと、正面《しょうめん》のショーウインドーのガラスの、まんなかに、白墨《はくぼく》で、大きな「6」の字が書きなぐってあったではありませんか。

賊《ぞく》の予告《よこく》は、最初《さいしょ》はハガキ、つぎは電話、そのつぎはショーウインドーと、一日ごとに大鳥時計店《おおとりとけいてん》へ近づいてきました。つぎには店の中までもはいってくるのではないでしょうか。

そして、その翌朝《よくあさ》のことです。顔を洗《あら》って、店へ出てきた店員《てんいん》たちは、アッとおどろいてしまいました。店には大小さまざまの時計が、あるいは柱《はしら》にかけ、あるいは棚《たな》に陳列《ちんれつ》してあるのですが、ゆうべまでカチカチと動《うご》いていたそれらの時計が、どれもこれも止まってしまって、そのうえ申《もう》しあわせたように、短針《たんしん》が五時を示《しめ》しているのです。

懐中時計《かいちゅうどけい》や、腕時計《うでどけい》はべつですが、目ざまし時計も、ハト時計も、オルゴール入りの大《だい》理石《りせき》の置《お》き時計も、正面《しょうめん》にある、一メートルほどの大振《おおふ》り子《こ》時計も、大小無数《だいしょうむすう》の時計の針《はり》が、いっせいに正《しょう》五時《じ》をさしているありさまは、何かしらお化《ば》けめいて、ものすごいほどでした。

いうまでもなく、「もうあと五日しかないぞ」という、二十面相《めんそう》の予告《よこく》です。怪盗《かいとう》は、とうとう店内までしのびこんできたのです。

それにしても、げんじゅうな戸じまりがしてあるうえ、表《おもて》と裏《うら》には私服刑事《しふくけいじ》が、店内には寝《ね》ずの番人が見はっている中を、賊は、どうしてはいりこむことができたのでしょう。はいりこんだばかりか、いく十という時計を、だれにもさとられぬように、どうして止め

ることができたのでしょう。

店員《てんいん》たちは、ひとりひとり、げんじゅうな取《と》りしらべをうけましたが、べつにあやしい者もありません。すると、二十面相《めんそう》は幽霊《ゆうれい》のように、しめきった雨戸《あまど》のすきまからでもはいってきたのでしょうか。そして、だれの目にもふれない、フワフワした気体のようなものになって、一つ一つ時計を止めてまわったのでしょうか。

しかも、うすきみの悪《わる》い怪盗《かいとう》の予告《よこく》は、それで終《お》わったわけではありません。つぎには、さらにいっそう奥深《おくぶか》く、賊《ぞく》の魔《ま》の手がのびてきました。

その翌早朝《よくそうちょう》のこと、大鳥氏《おおとりし》は、若《わか》いお手伝《てつだ》いさんの、けたたましいさけび声に目をさましました。その声が、黄金塔《おうごんとう》の安置《あんち》してある部屋《へや》の方角から聞こえてきましたので、大鳥氏はハッとしてとびおきると、そのへんに居《い》あわせた店員をともなって、息せききってかけつけました。

例《れい》の十畳《じょう》の座敷《ざしき》の前まで行ってみますと、そこに、つい四日ばかり前にやといいれた、十五、六のかわいらしいお手伝いさんが、おどろきのあまり口もきけないようすで、しきりと座敷の板戸《いたど》を指《ゆび》さしていました。

板戸の表面《ひょうめん》には、またしても白墨《はくぼく》で、三十センチ四方ほどの、大きな「4」という字が書いてあるではありませんか。ああ、二十面相は、とうとう、この奥《おく》まった部屋《へや》までも、

ふみこんできたのです。

大鳥氏《おおとりし》はそれを見ますと、もうびっくりしてしまって、もしや黄金塔《おうごんとう》がぬすまれたのではないかと、急《いそ》いでかぎをとりだし、板戸《いたど》をあけて床《とこ》の間《ま》を見ましたが、黄金塔はべつじょうなく、さんぜんとかがやいていました。さすがの賊《ぞく》にも、三段《だん》がまえの防備装置《ぼうびそうち》をやぶる力はなかったものとみえます。

しかし、ここまでしのびこんでくるようでは、もういよいよゆだんがなりません。刑事《けいじ》や店員《てんいん》の見はりなどは、このお化《ば》けのような怪盗《かいとう》には、少しのききめもありはしないのです。

「今夜から、わしがこの部屋で寝《ね》ることにしよう。」

大鳥氏は、とうとうたまらなくなって、そんな決心《けっしん》をしました。そして、その夜になりますと、黄金塔の部屋に夜具《やぐ》を運《はこ》ばせて、宵《よい》のうちから床《とこ》にはいり、すきなたばこをふかしながら、まじまじと宝物《ほうもつ》の見はり番をつとめるのでした。

十時、十一時、十二時、今夜にかぎって、時計の進《すす》むのがばかばかしく、おそいように感《かん》じられました。やがて、一時、二時、むかしのことばでいえば、丑三《うしみ》つ時《どき》です。もう電車の音も聞こえません。自動車《じどうしゃ》の地ひびきもまれになりました。昼間のさわがしさというものが、まったくとだえて、都内《とない》の中心の商店街《しょうてんがい》も、水の底《そこ》のような静《しず》けさです。

ときどき、板戸《いたど》の外の廊下《ろうか》に、人の足音がします。寝《ね》ずの番の店員《てんいん》たちが、時間をきめて、家中を巡回《じゅんかい》しているのです。

店の大時計が三時を打《う》ちました。それから、十時間もたったかと思うころ、やっと四時です。

「おお、もう夜明けだ。二十面相《めんそう》め、今夜は、とうとうあらわれなかったな。」

そう思うと、大鳥氏《おおとりし》は、にわかにねむけがさしてきました。そして、もうだいじょうぶだという安心《あんしん》から、ついウトウトとねむりこんでしまったのです。

どのくらいねむったのか、ふと目をさますと、あたりはもう明るくなっていました。時計を見れば、もう六時半です。

もしやと床《とこ》の間《ま》をながめましたが、だいじょうぶ、だいじょうぶ、黄金塔《おうごんとう》はちゃんとそこに安置《あんち》されたままです。

「どうだ。いくら魔術師《まじゅつし》でも、この部屋《へや》の中までは、はいれまい。」

大鳥氏は、すっかり安心して、「ウーン」と一つのびをしました。そして、腕《うで》をもとにもどそうとして、ニョイと左のてのひらを見ますと、おや、なんでしょう？　てのひらの中がまっ黒に見えるではありませんか。

へんだなと思って、よく見なおしたとき、大鳥氏は、あまりのことに、「アッ」とさけ

んで、床《とこ》の上にとびおきてしまいました。

みなさん、大鳥氏《おおとりし》のてのひらには、いったい何があったと思います。そこには、いつのまに、だれが書いたのか、墨黒々《すみくろぐろ》と、大きな「3」の字があらわれていたのです。二十面相《めんそう》はとうとう、この部屋《へや》の中までも、しのびこんできたとしか考えられません。大鳥氏は、背中《せなか》に氷《こおり》のかたまりでもあてられたように、ゾーッと寒《さむ》けを感《かん》じないではいられませんでした。

それと同時に、部屋の一方では、もう一つ、みょうなことがおこっていました。大鳥氏の目のとどかないすみのほうの板戸《いたど》が細めにひらかれ、そのすきまから、だれかが部屋の中をじっとのぞいているのです。

ほおのふっくらした、かわいらしい顔。なんだか見おぼえのある人物《じんぶつ》ではありませんか。ああ、そうです。それはきのうの朝、板戸の文字を発見《はっけん》してさわぎたてた、あの少女なのです。数日前《すうじつまえ》にやとわれたばかりの、十五、六のお手伝《てつだ》いさんなのです。

少女は、てのひらの文字に青ざめている大鳥氏を、なんだかおかしそうに見つめていましたが、やがて、サッと顔をかくすと、板戸を音のせぬよう、ソロソロとしめてしまいました。

この少女は、かぎのかけてある板戸《いたど》を、どうしてひらくことができたのでしょう。いや、

それよりも、まだやとわれたばかりの少女のくせに、なんというあやしげなふるまいをするやつでしょう。

大鳥氏《おおとりし》も店員《てんいん》も、まだ、このことを少しも気づいていないようですが、わたしたちは、この少女の行動《こうどう》を、ゆだんなく見はっていなければなりません。

奇妙《きみょう》なはかりごと

「あと、もう三日しかないぞ。」

てのひらに書かれた予告《よこく》の数字《すうじ》に、主人大鳥氏《しゅじんおおとりし》はすっかりおどかされてしまいました。

賊《ぞく》は黄金塔《おうごんとう》の部屋《へや》へ苦《く》もなくしのびいったばかりか、ねむっている主人のてのひらに、筆《ふで》で文字を書きさえしたのです。

板戸と非常《ひじょう》ベルの二つの関所《せきしょ》は、なんの効果《こうか》もなかったのです。

このぶんでは、第三の関所もうっかり信用《しんよう》することはできません。魔術師《まじゅつし》二十面相《めんそう》にかかっては、どんな科学《かがく》の力もききめをあらわさないかもしれません。二十面相は何か気体《きたい》のようにフワフワした、お化《ば》けみたいなものに、変身《へんしん》しているとしか考えられないのですから。

大鳥氏《おおとりし》はさまざまに考えまどいながら、黄金塔《おうごんとう》の前にすわりつづけていました。一刻《こく》も目をはなす気になれないのです。目をはなせば、たちまち消《き》えうせてしまうような気がするのです。

さて、その日のお昼すぎのことでした。大鳥時計店《おおとりとけいてん》の支配人《しはいにん》の門野老人《かどのろうじん》が、何か大きなふろしき包《づつ》みをかかえて、店員《てんいん》たちの目をしのぶようにして、奥《おく》の間《ま》の大鳥氏のところへやってきました。

門野支配人は、昔《むかし》ふうにいえば、この店の大番頭《おおばんとう》で、おとうさんの代《だい》から二代つづいて番頭をつとめているという、大鳥家の家族同様《かぞくどうよう》の人物《じんぶつ》ですから、したがって主人《しゅじん》の信用《しんよう》もひじょうにあつく、この人だけには板戸《いたど》の合いかぎもあずけ、そのほかの防備装置《ぼうびそうち》のとりあつかい方も知らせてあるのです。

ですから、支配人は、いつでも自由《じゆう》に奥座敷《おくざしき》にはいることができます。畳《たたみ》の非常《ひじょう》ベルのしかけも、柱《はしら》のかくしボタンをおして、電流《でんりゅう》を切ってしまえば、いくら部屋《へや》の中を歩いても、少しも物音《ものおと》はしないのです。

門野支配人は、そうしていくども板戸を出たりはいったりして、人目をしのびながら、まず一番に、一メートルもある細長いふろしき包《づつ》みを、それから形は小さいけれど、たいへん重《おも》そうなふろしき包みを五つ、つぎつぎと座敷の中へ運《はこ》びいれました。

「おい、おい、門野《かどの》君、きみはいったい何を持ちこんできたんだね。商売《しょうばい》の話なら、べつの部屋《へや》にしてほしいんだが。」

主人《しゅじん》の大鳥氏《おおとりし》は、支配人《しはいにん》のみょうなしぐさを、あっけにとられてながめていましたが、たまりかねたように、こう声をかけました。

すると、支配人は、板戸《いたど》をしめきって、主人のそばへにじりよりながら、声をひそめてささやくのです。

「いや、商談《しょうだん》ではございません。だんなさま、おわすれになりましたか、ほら、わたくしが、四日ほどまえに申《もう》しあげたことを。」

「え？　四日まえだって、ああ、そうか。黄金塔《おうごんとう》の替《か》え玉《だま》の話だったね。」

「そうですよ。だんなさま、もうこうなっては、あのほかに手はございませんよ。賊《ぞく》は、やすやすとこの部屋《へや》へはいってまいったじゃございませんか。せっかくの防備装置《ぼうびそうち》も、なんのききめもありません。このうえは、わたくしの考えを実行《じっこう》するほかに、盗難《とうなん》をふせぐ手だてはありません。相手《あいて》が魔法使《まほうつか》いなら、こちらも魔法を使うまででございますよ。」

支配人は、しらが頭をふりたてて、いっそう声をひくめるのです。

「ウン、今になってみると、きみの考えにしたがっておけばよかったと思うが、しかし、もう手おくれだ。これから黄金《おうごん》の塔《とう》の替え玉を作るなんて、むりだからね。」

「いや、だんなさま、ご心配《しんぱい》ご無用《むよう》です。わたくしは、まんいちのばあいを考えまして、あのときすぐ細工人《さいくにん》のほうへ注文《ちゅうもん》をしておきましたのですが、それが、ただ今できあがってまいりました。これがその替《か》え玉《だま》でございますよ。」

支配人《しはいにん》は、ほこらしげに、重《おも》そうな五つのふろしき包《づつ》みを指《ゆび》さしてみせました。

「ほう、そいつは手まわしがよかったね。だが、その細工人から賊《ぞく》のほうへもれるようなことは……。」

「だいじょうぶ。そこはじゅうぶん念《ねん》をおして、かたく秘密《ひみつ》を守《まも》らせることにいたしてあります。」

「それじゃ、ひとつ替え玉というものを見せてもらおうか。」

「よろしゅうございます。しかし、もし家の中に賊のまわし者《もの》がおりましてはたいへんでございますから、念には念をいれまして……。」

支配人はいいながら、立ちあがって、板戸《いたど》をひらき、外にだれもいないことをたしかめると、げんじゅうに内側《うちがわ》からかぎをかけるのでした。

そして、主人《しゅじん》とふたりがかりで、五つのふろしきをとき、一階《かい》ずつに分解《ぶんかい》された五重《ごじゅう》の塔《とう》をとりだしました。

見れば、床《とこ》の間《ま》に安置《あんち》してあるものと寸分《すんぶん》ちがわない五重の塔が、五つにわかれて、さ

んぜんとかがやいているのです。

「ウーム、よく似《に》せたものだね。これじゃ、わしにも見分《みわ》けがつかぬくらいだ。」

「でございましょう。外はしんちゅう板《ばん》で作らせ、それに金めっきをさせました。中身《なかみ》は、重《おも》さをつくるために鉛《なまり》にいたしました。これで、光沢《こうたく》といい、重さといい、ほんものと少しもちがいはいたしません。」

支配人《しはいにん》はとくとくとして申《もう》します。

「それは、ほんものを床下《ゆかした》にうずめ、にせもののほうを、床《とこ》の間《ま》に飾《かざ》っておくという、はかりごとだったね。」

「はい、さようで。そうしますれば、賊《ぞく》は、にせものと知らずにぬすみだし、さぞくやしがることでございましょう。にせものといっても、このとおり重いのでございますから、ぬすみだすせつは、いかなる怪盗《かいとう》でもかけだすことはできません。その弱《よわ》みにつけこんで、明智《あけち》さんなり、警察《けいさつ》の方なりに、ひっとらえていただこうというわけでございます。」

「ウン、そういけばうまいものだが、はたしてうまくいくものだろうか。」

大鳥氏《おおとりし》は、まだ少しためらいぎみです。

「いや、それはもうだいじょうぶでございます。どうかわたくしにおまかせくださいまし。かならず二十面相《めんそう》の裏《うら》をかいて、アッといわせてお目にかけます。」

支配人《しはいにん》は、もう怪盗《かいとう》をとらえたような鼻息《はないき》です。

「よろしい。きみがそれまでに言うなら、いっさいまかせることにしよう。じゃ、ひとつ、そのにせものを、あのわくの中へつみあげてみようじゃないか。」

主人《しゅじん》もやっとなっとくして、それからふたりがかりで、ほんものとにせものをとりかえました。

「おお、りっぱだ。形《かたち》といい色つやといい、だれがこれをにせものと思うだろう。門野君《かどのくん》、こりゃうまくいきそうだね。」

大鳥氏《おおとりし》は、わくの中につみあげられた、にせものの五重《ごじゅう》の塔《とう》をながめて、感《かん》じいったようにつぶやきました。この取りかえのさいには、例《れい》の赤外線装置《せきがいせんそうち》をとめて、ピストルが発射《はっしゃ》しないようにしておいたことは申《もう》すまでもありません。

「それじゃ、ほんもののほうを、ふたりで、すぐ床下《ゆかした》にうずめることにしようじゃないか。」

今では、主人の大鳥氏も大のりきです。

ふたりは、できるだけ物音《ものおと》をたてないように注意《ちゅうい》しながら、部屋《へや》のまんなかの畳《たたみ》をめくり、その下の床板《ゆかいた》をとりはずしました。

「くわも、ちゃんと用意《ようい》してまいりました。」

支配人《しはいにん》は、さいしょに持ちこんでおいた、長いふろしき包《づつ》みをひらいて、一丁《ちょう》のくわをとりだしますと、いきなりしりはしょりをして、床板《ゆかいた》の下の地面《じめん》におり立ちました。

そのときです。ふたりが仕事《しごと》にむちゅうになって少しも気づかないでいるすきに、またしても板戸《いたど》の一枚《まい》が、音もなくスーッと細めにひらき、そこから見おぼえのある顔が、ソッと室内《しつない》のようすをのぞきこんだではありませんか。あのかわいらしいお手伝《てつだ》いさんです。謎《なぞ》の少女です。

少女は、しばらくふたりのようすをながめたうえ、また音もなく戸をしめて、立ちさってしまいましたが、それから五分ほどたって、支配人の門野老人《かどのろうじん》が、やっと穴《あな》を掘《ほ》りおわったころ、とつぜん、家の裏手《うらて》のほうから、おそろしいさけび声が聞こえてきました。

「火事《かじ》だあ。だれか来てくれえ。火事だあ。」

店員《てんいん》の声です。

時も時、もう三十分もすれば、すっかりほんものの黄金塔《おうごんとう》をうずめることができようという、きわどいときに、このさわぎです。

「おい、たいへんだ、ともかく塔を床下《ゆかした》にかくして、畳《たたみ》を入れてしまおう。早く、早く。」

主人《しゅじん》と支配人《しはいにん》とは、力をあわせて塔《とう》の五つの部分《ぶぶん》を床下に投《な》げこみ、床板《ゆかいた》をもとどおり

にして、畳《たたみ》をしき、部屋《へや》には外からかぎをかけておいて、あわてふためいて、火事《かじ》の現場《げんば》へかけつけました。

裏庭《うらにわ》へ出てみますと、庭のすみの物置《ものお》き小屋《ごや》から、さかんに火を噴《ふ》いています。さいわい母屋《おもや》からはなれた小さな板小屋ですから、付近《ふきん》に燃《も》えうつるというほどではありませんけれど、ほうっておいてはどんな大事《だいじ》にならぬともかぎりません。

大鳥氏《おおとりし》は支配人《しはいにん》とともに、店員《てんいん》を呼《よ》びあつめ、声をかぎりにさしずをして、やっと出火を消《け》しとめることができました。かろうじて消防自動車《しょうぼうじどうしゃ》の出動《しゅつどう》をみなくてすんだのです。

その火事さわぎが、やや二十分ほどもつづきましたが、そのあいだに黄金《おうごん》の塔《とう》の部屋には、みょうなことがおこっていました。

主人をはじめ店員たちが、みんな火事場のほうへ行っているすきをめがけて、小さな人の姿《すがた》が、かぎのかかった板戸《いたど》を苦《く》もなくあけて、すべるように部屋の中へはいっていったのです。

女学生のようなおさげのかわいらしい少女。いわずとしれた新参《しんざん》のお手伝《てつだ》いさんです。謎《なぞ》の少女です。

少女は黄金塔の部屋へはいったまま、何をしているのか、しばらくのあいだ姿をあらわしませんでしたが、やがて、十分あまりもすると、板戸《いたど》が音もなくひらいて、少女の姿《すがた》が

部屋《へや》をすべりだし、注意《ちゅうい》ぶかく戸をしめると、そのまま台所《だいどころ》のほうへ立ちさってしまいました。

この謎《なぞ》の少女は、いったい何者《なにもの》でしょうか。手ぶらで部屋を出ていったところをみますと、塔《とう》をぬすみにはいったものとも思われません。では、何をしにはいったのでしょう。読者諸君《どくしゃしょくん》、こころみに想像《そうぞう》してごらんなさい。

それはともかく、やがて、火事《かじ》さわぎがしずまりますと、大鳥氏《おおとりし》と支配人《しはいにん》は、大急《おおいそ》ぎでもとの奥座敷《おくざしき》に引きかえしました。そして門野《かどの》さんは、片《かた》はだぬぎになって、また畳《たたみ》をあげ、床板《ゆかいた》をはずし、くわを手にして床下《ゆかした》におりたちました。

大鳥氏は、もしや、いまのさわぎのあいだに、だれかがこの部屋へはいって、畳の下の黄金塔《おうごんとう》をぬすんでいきはしなかったかと、支配人が床下をはずすのももどかしく、縁《えん》の下をのぞきこみましたが、黄金塔にはなんのべつじょうもなく、黒い土の上にピカピカ光っているのを見て、やっと安心《あんしん》しました。

やがて門野支配人は、黄金塔を床下の深《ふか》い穴《あな》の中に、すっかりうめこんでしまいました。そして、床板も畳ももとのとおりにして、

「さあ、これでもうだいじょうぶ。」

といわぬばかりに、主人《しゅじん》の顔を見て、ニヤニヤと笑《わら》うのでした。

こうして、ほんものの宝物《ほうもつ》は、まったく人目につかぬ場所《ばしょ》へ、じつに手ぎわよくかくされてしまいました。

天《てん》井《じょう》の声

もうこれで安心《あんしん》です。たとえ二十面相《めんそう》が予告《よこく》どおりにやってきたとしても、黄金塔《おうごんとう》はまったく安全《あんぜん》なのです。賊《ぞく》はとくいそうににせものをぬすみだしていくことでしょう。あの大泥棒《おおどろぼう》をいっぱい食《く》わせてやるなんて、じつにゆかいではありませんか。

賊が床下《ゆかした》などに気のつくはずはありませんが、でも、用心にこしたことはありません。大鳥氏《おおとりし》はその晩《ばん》から、ほんものの黄金塔のうずめてあるあたりの畳《たたみ》の上に、ふとんをしかせてねむることにしました。昼間も、その部屋《へや》から一歩も外へ出ない決心《けっしん》です。

すると、みょうなことに「3」の字がてのひらにあらわれて以来《いらい》、数字の予告がバッタリととだえてしまいました。ほんとうは、それには深《ふか》いわけがあったのですけれど、大鳥氏はそこまで気がつきません。ただふしぎに思うばかりです。

しかし、数字はあらわれないでも、盗難《とうなん》は二十五日の夜とはっきり言いわたされているのですから、けっして安心はできません。大鳥氏《おおとりし》はそのあとの三日間を、塔《とう》のうずめてあ

る部屋《へや》にがんばりつづけました。

そして、とうとう二十五日の夜がきたのです。

もう宵《よい》のうちから、大鳥氏《おおとりし》と門野支配人《かどのしはいにん》は、にせ黄金塔《おうごんとう》をかざった座敷《ざしき》にすわりこんで、出入り口の板戸《いたど》には中からかぎをかけてゆだんなく見はりをつづけていました。

店《みせ》のほうでも、店員《てんいん》一同、今夜こそ二十面相《めんそう》がやってくるのだと、いつもより早く店をしめてしまって、入り口という入り口にすっかりかぎをかけ、それぞれ持《も》ち場《ば》をきめて、見はり番をするやら、こん棒片手《ぼうかたて》に家中を巡回《じゅんかい》するやら、たいへんなさわぎでした。

いかな魔法使《まほうつか》いの二十面相でも、このような二重《じゅう》三重の、げんじゅうな警戒《けいかい》の中へ、どうしてはいってくることができましょう。彼《かれ》はこんどこそ失敗《しっぱい》するにちがいありません。もし、この中へしのびこんで、にせ黄金塔にもまよわされず、ほんものの宝物《ほうもつ》をぬすむことができるとすれば、二十面相は、もう魔法使いどころではありません。神さまです。盗《とう》賊《ぞく》の神さまです。

警戒のうちに、だんだん夜がふけていきました。十時、十一時、十二時、表通《おもてどお》りのざわめきも聞こえなくなり、家の中もシーンと静《しず》まりかえってきました。ただ、ときどき、巡回する店員の足音が、廊下《ろうか》にシトシトと聞こえるばかりです。

奥《おく》の間《ま》では、大鳥氏と門野支配人が、さし向《む》かいにすわって、置《お》き時計《どけい》とにらめっこを

していました。

「門野君《かどのくん》、ちょうど十二時だよ。ハハハ……、とうとうやっこさんやってこなかったね。十二時がすぎれば、もう二十六日だからね。約束《やくそく》の期限《きげん》が切れるじゃないか。ハハハ……」

大鳥氏《おおとりし》はやっと胸《むね》をなでおろして、笑《わら》い声をたてるのでした。

「さようでございますね。さすがの二十面相《めんそう》も、このげんじゅうな見はりには、かなわなかったとみえますね。ハハハ……、いいきみでございますよ。」

門野支配人《かどのしはいにん》も、怪盗《かいとう》をあざけるように笑いました。

ところが、ふたりの笑い声の消《き》えるか消えないかに、とつじょとして、どこからともなく、異様《いよう》なしわがれ声がひびいてきたではありませんか。

「おい、おい、まだ安心するのは早いぜ。二十面相の字引《じび》きには、不可能《ふかのう》ということばがないのをわすれたかね。」

それはじつになんともいえない陰気《いんき》な、まるで墓場《はかば》の中からでもひびいてくるような、いやあな感《かん》じの声でした。

「おい、門野君、きみいま、何かいいやしなかったかい。」

大鳥氏はギョッとしたように、あたりを見まわしながら、しらがの支配人にたずねるの

でした。

「いいえ、わたくしじゃございません。しかし、なんだかへんな声が聞こえたようでございますね。」

門野老人《かどのろうじん》は、けげんな顔で、同じように左右を見まわしました。

「おい、へんだぜ。ゆだんしちゃいけないぜ。きみ、廊下《ろうか》を見てごらん。戸の外にだれかいるんじゃないかい。」

大鳥氏《おおとりし》は、もうすっかり青ざめて、歯《は》の根《ね》もあわぬありさまです。

門野支配人《かどのしはいにん》は、主人《しゅじん》よりもいくらか勇気《ゆうき》があるとみえ、さしておそれるようすもなく、立っていって、かぎで戸をひらき、外の廊下を見わたしました。

「だれもいやしません。おかしいですね。」

老人がそういって、戸をしめようとすると、またしても、どこからともなく、あのしわがれ声が聞こえてきました。

「なにをキョロキョロしているんだ、ここだよ。ここだよ。」

陰《いん》にこもって、まるで水の中からでも、ものをいっているような感《かん》じです。何かしらゾーッと総毛立《そうけだ》つような、お化《ば》けじみた声音《こわね》です。

「やい、きさまはどこにいるんだ。いったい何者《なにもの》だッ。ここへ出てくるがいいじゃない

か。」

門野老人《かどのろうじん》が、から元気をだして、どことも知れぬ相手《あいて》にどなりつけました。

「ウフフ……、どこにいると思うね。あててみたまえ……。だが、そんなことよりも、黄金塔《おうごんとう》はだいじょうぶなのかね。二十面相《めんそう》は約束《やくそく》をたがえたりはしないはずだぜ。」

「何をいっているんだ。黄金塔はちゃんと床の間《とこのま》にかざってあるじゃないか。盗賊《とうぞく》なんかに指《ゆび》一本さされるものか。」

門野老人は部屋《へや》の中をむやみに歩きまわりながら、姿《すがた》のない敵《てき》とわたりあいました。

「ウフフ……、おい、おい、番頭《ばんとう》さん、きみは二十面相が、それほどお人よしだと思っているのかい。床の間のはにせもので、ほんものは土の中にうめてあることぐらい、おれが知らないとでもいうのかい。」

それを聞くと、大鳥氏《おおとりし》と支配人《しはいにん》とは、ゾッとして顔を見あわせました。ああ、怪盗《かいとう》は秘密《ひみつ》を知っていたのです。門野老人のせっかくの苦心《くしん》はなんの役《やく》にも立たなかったのです。

「おい、あの声は、どうやら天井裏《てんじょううら》らしいぜ。」

大鳥氏はふと気がついたように、支配人の腕《うで》をつかんで、ヒソヒソとささやきました。

いかにも、そういえば、声は天井の方角からひびいてくるようです。天井ででもなければ、ほかに人間ひとりかくれる場所《ばしょ》なんて、どこにもないのです。

「はあ、そうかもしれません。この天井《てんじょう》の上に、二十面相《めんそう》のやつがかくれているのかもしれません。」

支配人《しはいにん》は、じっと天井を見あげて、ささやきかえしました。

「早く、店《みせ》の者を呼《よ》んでください。そしてかまわないから、天井板《てんじょういた》をはがして、泥棒《どろぼう》をつかまえるようにいいつけてください。さ、早く、早く。」

大鳥氏《おおとりし》は、両手《りょうて》で門野老人《かどのろうじん》をおしやるようにしながら、せきたてるのです。老人はおされるままに、廊下《ろうか》に出て、店員《てんいん》たちを呼びあつめるために、店のほうへ急《いそ》いでいきました。

やがて、三人のくっきょうな店員が、シャツ一枚《まい》の姿《すがた》で、脚立《きゃたつ》やこん棒《ぼう》などを持って、しのび足で、はいってきました。相手《あいて》にさとられぬよう、ふいに天井板をはがして、賊《ぞく》を手どりにしようというわけです。

門野老人の手まねのさしずにしたがって、ひとりの店員がこん棒を両手《りょうて》ににぎりしめ、脚立の上に乗《の》ったかと思うと、勢《いきお》いこめて、ヤッとばかりに、天井板をつきあげました。

一つき、二つき、三つき、つづけざまにつきあげたものですから、天井板はメリメリという音をたててやぶれ、みるみる大きな穴《あな》があいてしまいました。

「さあ、これで照《て》らしてみたまえ。」

支配人《しはいにん》が懐中電灯《かいちゅうでんとう》をさしだしますと、脚立の上の店員は、それを受けとって、天井の穴《あな》

から首をさし入れ、屋根裏《やねうら》のやみの中を、アチコチと見まわしました。

大鳥時計店《おおとりとけいてん》は、大部分《だいぶぶん》がコンクリート建《だ》ての洋館《ようかん》で、この座敷《ざしき》は、あとからべつに建てました一階建《かいだ》ての日本間《にほんま》でしたから、屋根裏といっても、さほど広いわけでなく、一目で全体《ぜんたい》が見わたせるのです。

「何もいませんよ。すみからすみまで電灯《でんとう》の光をあててみましたが、ネズミ一ぴきいやあしませんぜ。」

店員《てんいん》はそういって、失望《しつぼう》したように脚立《きゃたつ》をおりました。

「そんなはずはないがなあ。わしが見てやろう。」

こんどは門野支配人《かどのしはいにん》が、電灯を持って、脚立にのぼり、天井裏《てんじょううら》をのぞきこみました。しかし、そこのやみの中には、どこにも人間らしいものの姿《すがた》はないのです。

「おかしいですね。たしかに、このへんから聞こえてきたのですが……。」

「いないのかい。」

大鳥氏《おおとりし》がやや安堵《あんど》したらしく、たずねます。

「ええ、まるっきりからっぽでございます。ほんとうにネズミ一ぴきいやあしません。」

賊《ぞく》の姿はとうとう発見《はっけん》することができませんでした。では、いったいあのぶきみな声は、どこからひびいてきたのでしょう。むろん、縁《えん》の下《した》ではありません。厚《あつ》い畳《たたみ》の下の声が、

あんなにすっきり聞こえるわけはないからです。

といって、そのほかに、どこにかくれる場所《ばしょ》がありましょう。ああ、魔術師《まじゅつし》二十面相《めんそう》は、またしてもえたいのしれぬ魔法《まほう》を使《つか》いはじめたのです。

意外《いがい》また意外

姿《すがた》のない声が、ほんものの黄金塔《おうごんとう》のかくし場所を知っていると言ったものですから、大鳥氏《おおとりし》は、もう気が気でなく、三人の店員《てんいん》たちをたちさらせますと、門野支配人《かどのしはいにん》とふたりで、大急《おおいそ》ぎで畳《たたみ》をあげ、床板《ゆかいた》をはずし、それから、支配人にそこの土を掘《ほ》ってみるように命《めい》じました。

老人《ろうじん》はしりはしょりして、床下《ゆかした》においてあったくわをとり、心おぼえのある場所を掘りかえしていましたが、やがて、がっかりしたような声で、

「だんなさま、ありません。塔は、あとかたもなく消《き》えうせてしまいました。」

と報告《ほうこく》するのでした。

大鳥氏はそれを聞きますと、落胆《らくたん》のあまり、そこへしりもちをついたまま、口をきく元気もなく、しばらくのあいだぼんやりと、床下《ゆかした》のやみの中をながめていましたが、やがて、

ふしぎにたえぬもののように、小首《こくび》をかたむけました。

「おい、門野君《かどのくん》。どうもへんだぜ。わしはあれをここへうずめてからというもの、洗面所《せんめんじょ》へ行くほかは、この部屋《へや》を少しも出なかった。もしだれかが、わしのるすのあいだに、ここへしのびこんだとしても、畳《たたみ》をあげ、床板《ゆかいた》をはずし、土を掘《ほ》って、塔《とう》を持ちだすなんてよゆうは、まったくなかったはずだぜ。いったいあいつは、どういう手段《しゅだん》でぬすみだしゃあがったのかなあ。」

大鳥氏《おおとりし》はくやしいよりも、何よりも、ふしぎでたまらないというおももちでした。

「わたくしも、今それを考えていたところでございます。あたりまえの家でしたら、庭《にわ》のほうの縁《えん》がわの下から、床下《ゆかした》へはいりこむという手もありますけれど、このお座敷《ざしき》の縁がわの下には、厚《あつ》い板が打《う》ちつけてございますからね。すきまはあっても、小犬でさえ通れないほどです。

それに、さいぜんからこの床下を懐中電灯《かいちゅうでんとう》でしらべているのですが、人間のはいりこんだようなあとが、少しもありません。やわらかい土ですから、あいつが床をくぐってきたとしますれば、あとのつかないはずはないのですがねえ。」

門野支配人《かどのしはいにん》は、まるでキツネにでもつままれたような顔をして、大きなため息をつくのでした。

「ウフフフ……、びっくりしたかい。二十面相《めんそう》の腕《うで》まえは、まあこんなもんさ。黄金塔《おうごんとう》はたしかにちょうだいしたぜ。それじゃ、あばよ。」

ああ、またしても、あの陰気《いんき》な声がひびいてきたではありませんか。いったい二十面相はどこにいるのでしょう。廊下《ろうか》でもありません。天井《てんじょう》でもありません。床下《ゆかした》でもありません。そのほかの、いったいどこに、人間ひとりかくれる場所《ばしょ》があるのでしょう。

ひょっとしたら、魔法使《まほうつか》いの二十面相は、目に見えない気体《きたい》のようなものになって、部屋《へや》の中のどこかに、たたずんでいるのでしょうか。

「門野君《かどのくん》、やっぱりあいつはどっかにいるんだ。目には見えないけれど、この近くにいるにちがいないんだ。店の者にいいつけて、出入り口をかためさせなさい。早く、早く。そして、やつをとらえてしまうのだ。」

大鳥氏《おおとりし》は支配人《しはいにん》の耳に口をよせて、せかせかとささやきました。もうぶきみさよりは、腹《はら》だたしさでいっぱいなのです。どんなにしてでも、賊《ぞく》をとらえないではおかぬというけんまくです。

支配人も同じ考えとみえ、主人《しゅじん》のいいつけを聞きますと、すぐさま店のほうへとんでいって、表口《おもてぐち》、裏口《うらぐち》の見はりをして、あやしいやつを見つけたら、大きな声をたてて人を集め、ひっとらえてしまうようにと、店員《てんいん》たちに命《めい》じました。

さあ、店内は上を下への大さわぎです。

「二十面相《めんそう》が家の中にいるんだ。見つけだして袋《ふくろ》だたきにしちまえ。」

十数名の血気《けっき》の店員《てんいん》たちは、手に手にこん棒《ぼう》と懐中電灯《かいちゅうでんとう》を持って、あるいは表口《おもてぐち》、裏口《うらぐち》をかためるもの、あるいは隊《たい》を組んで、家中を家《や》さがしするもの、それはそれは、たいへんなさわぎでした。

しかし、やや一時間ほども、店内のすみからすみまで、物置《ものお》きや押入《おしい》れの中はもちろん、天井《てんじょう》から縁《えん》の下《した》まで、くまなくさがしまわりましたが、ふしぎなことに、賊《ぞく》らしい人の姿《すがた》は、どこにも発見《はっけん》されませんでした。

二十面相は、もう、家の中にはいないのでしょうか。風をくらって、逃《に》げだしてしまったのでしょうか。では、どこから？　表も裏も、出入り口という出入り口は、すっかり店員でかためられていたのですから、逃げだすなんて、まったく不可能《ふかのう》なことです。

「門野君《かどのくん》、きみはどう思うね。じつに合点《がてん》のいかぬ話じゃないか。……わしにはなんだか今でも、すぐ目の前に、あいつがいるような気がするのだよ。この部屋《へや》の中に、あいつの息の音が聞こえるような気がするのだ。」

もとの座敷《ざしき》にもどった大鳥氏《おおとりし》は、おびえた顔で、あたりをキョロキョロと見まわしながら、支配人《しはいにん》にささやくのでした。

「わたくしも、なんだか、そんな気がしてなりません。あいつは魔法使《まほうつか》いでございますからなあ。」

門野支配人《かどのしはいにん》も同感《どうかん》のようです。

そうして、ふたりがぼんやりと顔見あわせているところへ、ひとりの若い店員《わかてんいん》がいそいそとはいってきて、

「今、明智探偵《あけちたんてい》がおいでになりました。」

と報《ほう》じました。

「なに、明智さんが来られた。チェッ、おそすぎたよ。もう一足早ければまにあったのに。あの人は、きょうまで、いったい何をしていたんだ。うわさに聞いたのと大ちがいだ。名《めい》探偵《たんてい》もないもんだ。」

大鳥氏《おおとりし》は黄金塔《おうごんとう》をぬすまれた腹《はら》だちまぎれに、さんざん探偵の悪口《あっこう》をいうのでした。

「ハハハ……、ひどくごきげんがお悪《わる》いようですね。あなたは、ぼくがきょうまで何もしていなかったとおっしゃるのですか。」

ひょいと見ますと、部屋《へや》の入り口に、いつのまにか黒い背広姿《せびろすがた》の明智小五郎《あけちこごろう》が立っているのです。

「アッ、これは明智さん。どうもとんだことを聞かれましたなあ。しかし、あなたが何も

してくださらなかったのはほんとうですよ。ごらんなさい。黄金塔《おうごんとう》はぬすまれてしまったじゃありませんか。」

大鳥氏《おおとりし》は気まずそうに、にが笑《わら》いしながらいうのでした。

「ぬすまれたとおっしゃるのですか。」

「そうですよ。予告《よこく》どおり、ちゃんとぬすまれてしまいましたよ。」

大鳥氏は腹《はら》だたしげに、門野支配人《かどのしはいにん》の考えだしたトリックの話をして、まだ畳《たたみ》をあげたままになっている床下《ゆかした》を指《ゆび》さしながら、ほんものの黄金塔がなくなったしだいを語るのでした。

「それはぼくもよく知っています。」

明智探偵《あけちたんてい》は、そんなことは、いまさら説明《せつめい》を聞かなくてもわかっているといわぬばかりに、ぶっきらぼうに答えました。

「エッ、ごぞんじですって？　そ、それじゃ、あなたは、知っていながら、二十面相《めんそう》がぬすんでゆくのを、だまって待っていたのですか。」

大鳥氏はびっくりして、どなりかえしました。

「ええ、そうですよ。だまって見ていたのです。」

明智は、あくまで落《お》ちつきはらっています。

「な、なんですって？　いったいぜんたい、あなたは……」

大鳥氏《おおとりし》は、あっけにとられて、口もきけないありさまです。

「明智先生《あけちせんせい》、あなたはまるで黄金塔《おうごんとう》がぬすまれたのを、よろこんでいらっしゃるように見えますが、それはあんまりです。あなたは主人《しゅじん》にお約束《やくそく》なすったじゃありませんか。きっと黄金塔を守《まも》ってやると約束なすったじゃありませんか。」

門野支配人《かどのしはいにん》が、たまりかねたように、探偵《たんてい》の前につめよりました。

「でも、ぼくはお約束をはたしましたよ。」

「はたしたって？　それはいったいなんのことです。黄金塔はもう、ぬすまれてしまったじゃありませんか。」

「ハハハ……、何をいっているのです。黄金塔はちゃんとここにあるじゃありませんか。ここにピカピカ光ってるじゃありませんか。」

明智探偵《あけちたんてい》はさもゆかいらしく笑《わら》いながら、床《とこ》の間《ま》に安置《あんち》された黄金塔を指《ゆび》さしました。

「ば、ばかな、あなたこそ、何をいっているのです。それはにせものだと、あれほど説明《せつめい》したじゃありませんか。ほんものは床下《ゆかした》にうめておいたのです。それがぬすまれてしまったのです。」

大鳥氏はかんしゃくをおこしてさけびました。

「まあ、お待ちなさい。もしもですね。その床下《ゆかした》にうめたほうがにせもので、その床《とこ》の間《ま》のがほんものだったら、どうでしょう。二十面相《めんそう》は裏《うら》をかいたつもりで、まんまとにせものをつかまされてしまったわけです。じつに痛快《つうかい》じゃありませんか。」

明智探偵《あけちたんてい》は、みょうなことをいいだしました。

「エッ、エッ、なんですって？　じょうだんはいいかげんにしてください。その床の間の塔《とう》がほんものなら、なにもこんなにさわぎやしません。これは、門野君《かどののくん》が苦心《くしん》をして作らせたにせものなんですよ。いくらピカピカ光っていたって、めっきなんですよ。」

「めっきかめっきでないか、ひとつよくしらべてごらんなさい。」

明智はいいながら、木製《もくせい》のわくのかくしボタンを押《お》して、赤外線防備装置《せきがいせんぼうびそうち》をとめてから、むぞうさに塔の頂上《ちょうじょう》の部分《ぶぶん》を持ちあげて、大鳥氏《おおとりし》の目の前にさしだしました。

探偵のようすが、あまり自信《じしん》ありげだものですから、大鳥氏もつい引きいれられて、その塔の一部分をうけとると、つくづくとながめはじめました。

ながめているうちに、みるみる、大鳥氏の顔色がかわってきました。青ざめていたほおに血《ち》の気《け》がさしてきたのです。うつろになっていた目が、希望《きぼう》にかがやきはじめたのです。

「おお、おお、こりゃどうだ。門野君、これはほんとうの金むくだよ。めっきじゃない。しんまでほんものの金だよ。いったいこれはどうしたというのだ。」

大鳥氏《おおとりし》は喜《よろこ》びにふるえながら、床《とこ》の間《ま》へとんでいって、塔《とう》の残《のこ》りの部分《ぶぶん》を入念《にゅうねん》にしらべましたが、長年、貴金属品《ききんぞくひん》をあつかっている同氏には、すぐさま、それがぜんぶほんものの黄金《おうごん》であることがわかりました。

「明智《あけち》さん、おっしゃるとおり、これはほんものです。ああ、助《たす》かった。二十面相《めんそう》はにせものをぬすんでいった。しかし、だれが、いつのまに、ほんものとにせものとを置《お》きかえたのでしょう。家にはこの秘密《ひみつ》を知っているものはひとりもいないはずだし、それに、この部屋《へや》には、たえず、わしががんばっていましたから、置きかえるなんてすきはなかったはずですが……。」

「それは、ぼくが命《めい》じて置きかえさせたのですよ。」

明智探偵《あけちたんてい》は、あいかわらず落《お》ちつきはらって答えました。

「え、あなたが？　だれにそうお命じなすったのです。」

大鳥氏は、意外《いがい》につぐ意外に、ただあきれかえるばかりです。

「おたくには、つい近ごろ、やといいれたお手伝《てつだ》いさんがいるでしょう。」

「ええ、います。あなたのご紹介《しょうかい》でやとった千代《ちよ》という娘《むすめ》のことでしょう。」

「そうです。あの娘をちょっとここへ呼《よ》んでくださいませんか。」

「千代に、何かご用なのですか。」

「ええ、たいせつな用事《ようじ》があるのです。すぐ来るようにおっしゃってください。」

明智探偵《あけちたんてい》は、ますますみょうなことをいいだすのでした。

大鳥氏《おおとりし》はめんくらいながら、すぐさま千代《ちよ》を呼びよせました。読者諸君《どくしゃしょくん》はご記憶《きおく》でしょう、千代というのは、たびたび奥座敷《おくざしき》をのぞいていた、あのかわいらしい怪少女《かいしょうじょ》なのです。まもなく、りんごのようにあでやかなほおをした、かわいらしいおさげの少女が、座敷《ざしき》の入り口にあらわれました。

「ここへきてすわりなさい。」

探偵は少女を自分のそばへすわらせました。そして、黄金塔置《おうごんとうお》きかえの説明《せつめい》をはじめるのでした。

「大鳥さん、あなたがたが、ほんものの塔を床《ゆか》の下へうめようとしていらしたとき、裏《うら》の物置《ものお》きに火事《かじ》がおこりましたね。」

「ええ、そうですよ。よくごぞんじですね。しかし、それがどうしたのですか。」

「あの火事も、じつはぼくがある人に命《めい》じ、つけ火をさせたのですよ。」

「エッ、なんですって? あなたがつけ火を? ああ、わしは何がなんだか、さっぱりわからなくなってしまいました。」

「いや、それには、ある目的《もくてき》があったのです。あなたがたが火事《かじ》に気をとられて、この部《へ》

屋《や》をるすになすっていたあいだに、すばやく黄金塔《おうごんとう》の置《お》きかえをさせたのですよ。床下《ゆかした》にかくしてあったのを、もともとどおり床《とこ》の間《ま》につみあげ、床の間のにせものを、床下へ入れておいたのです。火事場《かじば》から帰ってこられたあなたがたは、まさか、あのあいだに、そんな入れかえがおこなわれたとは、思いもよらぬものですから、そのまま、にせもののほうを床下にうずめ、床の間のほんものをにせものと思いこんでしまったのです。」

「へえー、なるほどねえ、あの火事は、わたしたちを、この部屋《へや》から立ちさらせるトリックだったのですかい。しかし、それならそうと、ちょっとわしに言ってくだされればよかったじゃありませんか。何も火事までおこさなくても、わし自身《じしん》、ほんものとにせものとを置きかえましたものを。」

大鳥氏《おおとりし》は不満《ふまん》そうにいうのです。

「ところが、そうできない理由《わけ》があったのです。そのことはあとで説明《せつめい》しますよ。」

「で、その塔の置きかえをやったというのは、いったいだれなのですね。まさかあなたご自身でなすったわけじゃありますまい。」

「それは、このお手伝《てつだ》いさんがやったのです。この人は、ぼくの助手《じょしゅ》をつとめてくれたのですよ。」

「へえー、千代《ちよ》がですかい。こんなにおとなしい女の子に、よくまあそんなことができま

したねえ。」

主人《しゅじん》はあっけにとられて、かわいらしい少女の顔をながめました。

「ハハハ……、千代《ちよ》は少女ではありませんよ。きみ、そのかつらを取《と》ってお目にかけなさい。」

探偵《たんてい》が命《めい》じますと、少女はにこにこしながら、いきなり両手《りょうて》で頭の毛をつかんだかと思うと、それをスッポリと引きむしってしまいました。すると、その下から、ぼっちゃんがりの頭があらわれたのです。少女とばかりに思っていたのは、そのじつ、かわいらしい少年だったのです。

「みなさん、ご紹介《しょうかい》します。これはぼくの片腕《かたうで》とたのむ探偵助手《たんていじょしゅ》の小林芳雄君《こばやしよしおくん》です。こんどの事件《じけん》が成功《せいこう》したのは、まったく小林君のおかげです。ほめてやってください。」

明智探偵《あけちたんてい》はさもじまんらしく、秘蔵弟子《ひぞうでし》の小林少年をながめて、にこやかに笑《わら》うのでした。

ああ、なんという意外《いがい》でしょう。少年探偵団長《しょうねんたんていだんちょう》小林芳雄君は、お手伝《てつだ》いさんに化《ば》けて、大鳥時計店《おおとりとけいてん》にはいりこんでいたのです。そして、まんまと二十面相《めんそう》にいっぱい食わせてしまったのです。

「へえー、おどろいたねえ、きみが男の子だったなんて、うちのものはだれひとり気がつ

かなかったのですよ。なかなかよくはたらいてくれましたね、いい人をお世話《せわ》ねがったとよろこんでいたくらいですよ。小林《こばやし》さん、ありがとう。ありがとう。おかげで家宝《かほう》をうしなわなくてすみましたよ。明智《あけち》さん、あなたは、いいお弟子《でし》を持たれて、おしあわせですねえ。」

大鳥氏《おおとりし》は、ホクホクとよろこびながら、小林君の頭をなでんばかりにして、お礼《れい》をいうのでした。

「ですが、明智さん、たった一つざんねんなことがありますよ。さいぜん二十面相《めんそう》のやつが、どこからか、わしたちに話しかけたのです。ざまをみろといってあざわらったのです。あなたが、もう一足早く来てくだされば、あいつをとらえたかもしれません。じつにざんねんなことをしましたよ。」

大鳥氏も、黄金塔《おうごんとう》をとりかえしても、賊《ぞく》を逃《に》がしたのでは、後日《ごじつ》またおそわれはしないかと、寝《ね》ざめが悪《わる》いのです。

「大鳥さん、ご安心《あんしん》ください。二十面相はちゃんととらえてありますよ。」

明智探偵《あけちたんてい》は、意外《いがい》なことをズバリといってのけました。

「エッ、二十面相を？　あなたがとらえなすったのですか。いつ？　どこで？　そして、今あいつはどこにいるんです。」

大鳥氏《おおとりし》はあまりのことに、ことばもしどろもどろです。

「二十面相《めんそう》はこの部屋《へや》にいるのです。われわれの目の前にいるのです。」

探偵《たんてい》の声がおもおもしくひびきました。

「へえー、この部屋に？　だって、この部屋にはごらんのとおり、わしたち四人のほかにはだれもいないじゃありませんか。それとも、どっかにかくれてでもいるんですかい。」

「いいえ、かくれてなんぞいませんよ。二十面相は、ほら、そこにいるじゃありませんか。」

いいながら、われらの名探偵《めいたんてい》は、意味《いみ》ありげにニコニコと笑《わら》うのでした。

読者諸君《どくしゃしょくん》、明智探偵《あけちたんてい》はなんという、とほうもないことをいいだしたのでしょう。大鳥氏も門野支配人《かどのしはいにん》も、自分の目がどうかしたのではないかと、キョロキョロとあたりを見まわしました。でも、その部屋には何者《なにもの》の姿《すがた》もないのです。ああ、それではやっぱり、二十面相はあの魔術《まじゅつ》によって、気体《きたい》のようなものに化《ば》けて、この部屋のどこかのすみにたたずんででもいるのでしょうか。そして、そのだれの目にも見えない怪物《かいぶつ》の姿が名探偵明智小五郎《めいたんていあけちこごろう》の目にだけは、はっきりうつっているのでしょうか。

きみが二十面相《めんそう》だ!

大鳥氏《おおとりし》はびっくりして、キョロキョロと部屋《へや》の中を見まわしました。しかし、賊《ぞく》の姿《すがた》などこにも見あたりません。

「ハハハ……、ごじょうだんを。ここにはわしたち四人のほかには、だれもいないじゃありませんか。」

いかにも、戸をしめきった十畳《じょう》の座敷《ざしき》には、主人《しゅじん》の大鳥氏と、老支配人《ろうしはいにん》の門野《かどの》と明智探偵《あけちたんてい》と小林少年《こばやししょうねん》の四人のほかには、だれもいないのです。いったい明智は何をいっているのでしょう。頭がどうかしているのではないでしょうか。

「そうです。ここには、われわれ四人だけです。しかし、二十面相《めんそう》はやっぱりこの部屋にいるのです。」

「先生、あなたのおことばは、わたくしどもにはさっぱりわけがわかりません。もっとくわしくおっしゃっていただけませんでございましょうか。」

しらがの老支配人は、オドオドしながら、探偵にたずねました。

「ほう、あなたにもまだわからないのですか。で、あなたは二十面相がどこにいるか、き

きたいとおっしゃるのですね。それを言ってもいいですか。」

明智《あけち》は老支配人《ろうしはいにん》の顔をじっと見つめてから、意味《いみ》ありげにいいました。

「エッ、なんとおっしゃいます？」

門野《かどの》老人《ろうじん》は、なぜかギョッとしたように探偵《たんてい》を見かえしました。

「だれが二十面相《めんそう》だか、すっぱぬいてもかまわないというのですか。」

明智の目に、電光《でんこう》のようなはげしい光がかがやき、グッと相手《あいて》をにらみつけました。老支配人はその眼光《がんこう》に射《い》すくめられでもしたように、返《かえ》すことばもなく、思わず目を伏《ふ》せました。

「ハハハ……、おい、二十面相、よくも化《ば》けたねえ。まるで六十の老人そっくりじゃないか。だが、ぼくの目をごまかすことはできない。きみだ！　きみが二十面相だ！」

「と、とんでもない。そ、そんなばかなことが……」

門野支配人はまっさおになって、弁解《べんかい》しようとしました。

主人《しゅじん》の大鳥《おおとり》氏《し》も、それにことばをそえます。

「明智先生、それは何かのお思いちがいでしょう。この門野は親の代《だい》からわしの店につとめている＊律義者《りちぎもの》です。この男が二十面相だなんて、そんなはずはございません。」

「いや、あなたは、二十面相が変装《へんそう》の大名人《だいめいじん》であることを、おわすれになっているのです。

＊まじめで正直な人

なるほど、ほんとうの門野君《かどのくん》は律義《りちぎ》な番頭《ばんとう》さんでしょう。しかし、この男は門野君ではありません。あの予告《よこく》があってからまもなく、二十面相《めんそう》はほんとうの門野君をある場所《ばしょ》に監禁《かんきん》して、自分が門野君に化《ば》けすまし、お店に出勤《しゅっきん》していたのです。

いや、お店に出勤していたばかりではありません。門野君の自宅《じたく》へも、ずうずうしく毎《まい》晩《ばん》帰っていた。家族《かぞく》の人たちでさえ、それを少しも気づかなかったのです。」

ああ、そんなことがありうるのでしょうか。今、目の前に立っている老人《ろうじん》は、どう見ても門野支配人《かどのしはいにん》とそっくりです。どこに一つ、あやしい個所《かしょ》はありません。いったい、それほどたくみな変装《へんそう》ができるものでしょうか。

一同があっけにとられて、明智探偵《あけちたんてい》の顔を見つめている、ちょうどそのときでした。あ、またしても、どこからともなく、あのおそろしい声が聞こえてきたではありませんか。

「フフフ……、明智先生も老《お》いぼれたもんだねえ。二十面相をとりにがした苦《くる》しまぎれに、何も知らない老人に罪《つみ》を着《き》せようなんて……。おい、先生、目をあけて、よく見るがよい。おれはここにいるんだぜ。二十面相はここにいるんだぜ。」

ああ、なんという大胆不敵《だいたんふてき》、賊《ぞく》はまだこの部屋《へや》のどこかにかくれているのでしょうか。

「先生、あれです。あれが二十面相です。やっぱり天井《てんじょう》から聞こえてくる。ね、おわかりでしょう。門野君じゃございません。門野君は二十面相じゃございません。」

大鳥氏《おおとりし》は、恐怖《きょうふ》にたえぬもののように、ソッと天井《てんじょう》を指《ゆび》さしながら、ささやくのでした。しかし、明智探偵《あけちたんてい》は少しもさわぎません。口をつぐんだまま、じっと大鳥氏を見かえしています。

と、とつじょとして、どこからともなく、まったく別《べつ》の声がひびいてきました。

「おいおい、子どもだましはよしたまえ。ぼくが腹話術《ふくわじゅつ》を知らないとでも思っているのか。ハハハ……。」

大鳥氏はそれを聞いて、ゾッとふるえあがってしまいました。ああ、なんというふしぎなことでしょう。それはまぎれもなく明智探偵の声でした。天井から明智の声がひびいてきたのです。しかも、当の探偵は目の前に、じっと口をつぐんですわっています。まるで魔法使《まほうつか》いです。明智探偵が、とつじょとしてふたりになったとしか考えられないのです。

「おわかりになりましたか、ご主人《しゅじん》。これが腹話術というものです。口を少しも動《うご》かさないでものをいう術です。今のようにぼくがこうして口をふさいでものをいうと、まるでちがった方角からのように聞こえてくるのです。天井と思えば天井のようでもあり、床下《ゆかした》と思えば床下からのようにも聞こえます。おわかりになりましたか。」

今こそ、大鳥氏にもいっさいが明白《めいはく》になりました。腹話術というものがあることは、大鳥氏も話に聞いていました。さいぜんからの声が、みんな腹話術であったとすれば、すっ

かりつじつまがあうのです。天井《てんじょう》や床下《ゆかした》などをあれほどさがしても、二十面相《めんそう》の姿《すがた》が発見《はっけん》されなかったわけが、よくわかるのです。それでは、やっぱり二十面相は門野老人《かどのろうじん》に化《ば》けているのでしょうか。

大鳥氏《おおとりし》はまだ半信半疑《はんしんはんぎ》のまなざしで、じっと門野老人を見つめました。門野老人はまっさおになっています。しかし、まだへこたれたようすは見えません。顔いっぱいにみょうなにが笑《わら》いをうかべて、何かいいだしました。

「腹話術《ふくわじゅつ》ですって、おお、どうしてわたくしが、そんな魔法《まほう》をぞんじておりましょう。明智先生《あけちせんせい》、あんまりでございます。このわたくしがおそろしい二十面相の賊《ぞく》だなんて、まったく思いもよらぬ、ぬれぎぬでございます。」

ところが、この老人のことばが終《お》わるか終わらぬかに、部屋《へや》の板戸《いたど》を、外からトントンとたたく音が聞こえてきました。

「だれだね。用事《ようじ》ならあとにしておくれ。今はいって来ちゃいけない。」

大鳥氏が大声にどなりますと、板戸の外に意外《いがい》な声が聞こえました。

「わたくしでございます。門野でございます。ちょっと、ここをおあけくださいませ。」

「エッ、門野だって？　きみは、ほんとうに門野君か。」

大鳥氏は仰天《ぎょうてん》して、あわただしく板戸をひらきました。すると、おお、ごらんなさい。

そこにはまぎれもない門野支配人《かどのしはいにん》が、やつれた姿《すがた》で立っていたではありませんか。

「だんなさま。じつに申《もう》しわけございません。賊《ぞく》のためにひどいめにあいまして、つい先ほど、明智先生《あけちせんせい》に助《たす》けだしていただいたのでございます。」

門野老人《かどのろうじん》はわびごとをしながら、部屋《へや》の中のもうひとりの門野を見つけ、思わずさけびました。

「アッ、あんたはいったい何者《なにもの》じゃっ!」

なんというふしぎな光景《こうけい》だったでしょう。いや、ふしぎというよりも、ゾーッと総毛立《そうけだ》つような、なんともいえぬおそろしいありさまでした。そこには、まるで鏡《かがみ》に映《うつ》したように、まったく同じ顔のふたりの老人が、敵意《てきい》に燃《も》える目でにらみあって、立ちはだかっていたのです。おそろしい夢《ゆめ》にでもうなされているような光景ではありませんか。

だれひとり、ものをいうものもなければ身動《みうご》きするものもありません。数十秒《すうびょう》のあいだ、映画《えいが》の回転《かいてん》がとつぜん止まったような、ぶきみな静止《せいし》と沈黙《ちんもく》がつづきました。

その静《しず》けさをやぶったのは、五人のうちのだれかがはげしい勢《いきお》いで動きだしたのと、それから、少女の洋服《ようふく》を着《き》ている小林少年《こばやししょうねん》が、

「アッ、先生、二十面相《めんそう》が!」

とさけぶ、けたたましい声とでありました。

さすがの二十面相《めんそう》も、ほんものの門野支配人《かどのしはいにん》があらわれては、もう運《うん》のつきでした。いかにあらそってみても勝《か》ちめがないとさとったのでしょう。彼《かれ》はやにわに畳《たたみ》をあげたままになっていた床下《ゆかした》へとびおりました。そして、そこにかがんで何かしているなと思ううち、とつじょとして、まったく信《しん》じがたい奇怪事《きかいじ》がおこったのです。

ふしぎ、ふしぎ、アッと思うまに、にせ支配人の姿《すがた》が、まるで土の中へでも、もぐりこんだように、消《き》えうせてしまいました。

またしても、二十面相は魔法《まほう》を使《つか》ったのでしょうか。彼《かれ》はやっぱり、何かしら気体《きたい》のようなものに化《ば》ける術《じゅつ》をこころえていたのでしょうか。

逃《とう》走《そう》

「ハハハ……、何もおどろくことはありませんよ。二十面相は土の下へ逃《に》げたのです。」

明智小五郎《あけちこごろう》は、少しもさわがず、あっけにとられている人々を見まわして、説明《せつめい》しました。

「エッ、土の中へ？　いったいそれはどういう意味《いみ》です。」

大鳥氏《おおとりし》がびっくりして聞きかえします。

「土の中に秘密《ひみつ》のぬけ穴《あな》が掘《ほ》ってあったのです。」

「エッ、ぬけ穴が？」

「そうですよ。二十面相《めんそう》は黄金塔《おうごんとう》をぬすみだすために、あらかじめ、ここの床下《ゆかした》へぬけ穴を掘っておいて、支配人《しはいにん》に化《ば》けて、さも忠義顔《ちゅうぎがお》に、あなたにほんものの塔を、この床下へうずめることをすすめたのです。そして、部下《ぶか》のものがぬけ穴からしのんできて、ちょうどその穴の入り口にある塔を、なんのぞうさもなく持ちさったというわけですよ。賊《ぞく》の足あとが見あたらなかったのはあたりまえです。土の上を歩いたのではなく、土の中をはってきたのですからね。」

「しかし、わたしはあれを床下へうずめるのを見ておりましたが、べつにぬけ穴らしいものはなかったようですが。」

「それはふたがしてあったからですよ。ま、ま、ここへ来てよくごらんなさい。大きな鉄《てっ》板《ぱん》で穴の上をふたして、土がかぶせてあったのです。今、二十面相はその鉄板をひらいて、穴の中にとびこんだのです。かき消《け》すように見えなくなったのは、そのためですよ。」

大鳥氏《おおとりし》も門野老人《かどのろうじん》も小林少年《こばやししょうねん》も、急《いそ》いでそばによって、床下をながめましたが、いかにもそこには一枚《まい》の鉄板が投《な》げだしてあって、そのそばに古井戸《ふるいど》のような大きな穴が、まっ黒な口をひらいていました。

「いったい、この穴《あな》はどこへつづいているのでしょう。」

大鳥氏《おおとりし》があきれはてたようにたずねますと、明智《あけち》はそくざに答えました。何から何まで知りぬいているのです。

「この裏手《うらて》にあき家《や》があるでしょう。ぬけ穴はそのあき家の床《ゆか》へぬけているのです。」

「では早く追《お》いかけないと、逃《に》げてしまうじゃありませんか。先生、早くそのあき家のほうへまわってください。」

大鳥氏は、もう気が気でないというちょうしです。

「ハハハ……。そこにぬかりがあるものですか。そのあき家のぬけ穴の出口のところには、中村捜査係長《なかむらそうさかかりちょう》の部下《ぶか》が、五人も見はりをしていますよ。今ごろあいつをひっとらえている時分《じぶん》です。」

「ああ、そうでしたか。よくそこまで準備《じゅんび》ができましたねえ。ありがとう、ありがとう。おかげで、わたしも今夜《こんや》からまくらを高くして寝《ね》られるというものです。」

大鳥氏は安堵《あんど》の胸《むね》をなでおろして、名探偵《めいたんてい》のぬけめのない処置《しょち》を感謝《かんしゃ》するのでした。

しかし、二十面相《めんそう》は、明智の予想《よそう》のとおり、はたして五名の警官《けいかん》に、逮捕《たいほ》されてしまったでしょうか。名にしおう魔術賊《まじゅつぞく》のことです。もしや、意外《いがい》の悪知恵《わるぢえ》をはたらかせて、名探偵の計略《けいりゃく》の裏《うら》をかくようなことはないでしょうか。ああ、なんとなく心がかりではあり

ませんか。

そのとき、やみのぬけ穴《あな》の中では、いったいどんなことがおこっていたのでしょう。門野老人《かどのろうじん》に化《ば》けた二十面相《めんそう》は、人々のゆだんを見すまして、パッとぬけ穴の中にとびこみますと、せまい穴の中をはうようにして、まるでもぐらのようなかっこうで、反対《はんたい》の出口へと急《いそ》ぎました。

時計店《とけいてん》の裏通《うらどお》りのあき家《や》というのは、奥座敷《おくざしき》からは、せまい庭《にわ》と塀《へい》とをへだててすぐのところにあるのですから、ぬけ穴の長さは二十メートルほどしかありません。二十面相は、まずそのあき家を借《か》りたうえ、部下《ぶか》に命《めい》じて、人に知られぬように、大急《おおいそ》ぎでぬけ穴を掘《ほ》らせたのです。ですから、内側《うちがわ》を石垣《いしがき》やレンガできずくひまはなく、ちょうど旧式《きゅうしき》な炭坑《たんこう》のように、丸太《まるた》のわくで、土の落《お》ちるのをふせいであるという、みすぼらしいぬけ穴です。広さも、やっとひとり、はって歩けるほどなのです。

二十面相は、土まみれになって、そこをはっていきましたが、あき家の中の出口の下まで来て、ヒョイと外をのぞいたかと思うと、何かギョッとしたようすで首をひっこめてしまいました。

「ちくしょうめ、もう手がまわったか。」

彼《かれ》は、いまいましそうに舌打《したう》ちして、しかたなく、またあともどりをはじめました。

穴《あな》の外の暗闇《くらやみ》の中に、大ぜいの黒い人かげが見えたからです。しかも、それがみんな制《せい》服《ふく》の警官《けいかん》らしく、制帽《せいぼう》のひさしと拳銃《けんじゅう》のにぎりが、やみの中にもかすかにピカピカと光って見えたのです。

ああ、二十面相《めんそう》はとうとう、袋《ふくろ》のネズミになってしまいました。いや、穴の中のもぐらになってしまいました。さすがの*凶賊《きょうぞく》ももはや運《うん》のつきです。前に進《すす》めば五人の警官《けいかん》、うしろにもどれば、だれよりもこわい明智名探偵《あけちめいたんてい》が待《ま》ちかまえているのです。進むこともしりぞくこともできません。といって、もぐらではない二十面相は、こんなジメジメした、まっくらな穴の中に、いつまでじっとしていられましょう。

しかし、なぜか怪盗《かいとう》はさしてこまったようすも見えません。彼《かれ》はやみの中を、ぬけ穴の中ほどまで引きかえしますと、そこの壁《かべ》のくぼみになった個所《かしょ》から、何かふろしき包《づつ》みのようなものを、とりだしました。

「ヘヘン、どうだい。二十面相はどんなことがあったって、へこたれやしないぞ。敵《てき》が五と出せばこちらは十だ。十と出せば二十だ。ここにこんな用意《ようい》がしてあろうとは、さすがの名探偵どのも、ごぞんじあるまいて。二十面相の字引《じび》きに不可能《ふかのう》の文字なしっていうわけさ。フフフ……。」

彼は、そんなふてぶてしいひとりごとをいいながら、ふろしき包みらしいものをひらき

＊らんぼうで、ざんにんな賊

ました。すると、その中から、警官《けいかん》の制服《せいふく》制帽《せいぼう》、警棒《けいぼう》、靴《くつ》などがあらわれました。

ああ、なんという用心ぶかさでしょう。まんいちのばあいのために、彼《かれ》はぬけ穴《あな》の中へ、こんな変装用《へんそうよう》の衣装《いしょう》をかくしておいたのです。

「おっと、わすれちゃいけない。まず髪《かみ》の毛《け》の染料《せんりょう》と顔のしわを落《お》とさなくっちゃあ。」

二十面相《めんそう》は、じょうだんのようにつぶやきながら、懐中《かいちゅう》から銀色《ぎんいろ》のケースをとりだし、その中の揮発油《きはつゆ》をしみこませた綿《わた》をちぎって頭と顔をていねいにふきとるのです。綿をちぎってはふき、ちぎってはふき、何度《なんど》となくくりかえしているうちに、老人《ろうじん》のしらが頭は、いつのまにか黒々《くろぐろ》とした頭髪《とうはつ》となり、顔のしわもあとかたなくとれて、若々《わかわか》しい青年にかわってしまいました。

「これでよしと、さあ、いよいよおまわりさんになるんだ。泥棒《どろぼう》がおまわりさんに早がわりとござあい。」

二十面相は、きゅうくつな思いをして、やみの中の着《き》がえをしながら、さもうれしくてたまらないというように、低《ひく》く口笛《くちぶえ》さえ吹《ふ》きはじめるのでした。

裏《うら》のあき家《や》というのは、日本建《にほんだ》ての商家《しょうか》でしたが、その奥座敷《おくざしき》でも、ちょうど大鳥時計《おおとりとけい》店《てん》の奥座敷と同じように、一枚《まい》の畳《たたみ》があげられ、床板《ゆかいた》がはずされ、その下に黒い土があら

われていました。

その土のまんなかに、ここには鉄板《てっぱん》のふたなどなくて、ポッカリとぬけ穴《あな》の口が大きくひらいているのです。

ぬけ穴のまわりには、五名の制服警官《せいふくけいかん》が、あるいは床下《ゆかした》に立ち、あるいは畳《たたみ》にこしかけ、あるいは座敷《ざしき》につっ立って、じっと見はりをつづけていました。むろん電灯《でんとう》はつけず、いざというときの用意《ようい》には、中のふたりが懐中電灯《かいちゅうでんとう》をたずさえているのです。

「明智《あけち》さんがもう少し早く、このぬけ穴を発見《はっけん》してくれたら、塔《とう》をぬすみだした手下のやつも、ひっとらえることができたんだがなあ。」

ひとりの警官が、ささやき声で、ざんねんそうにいいました。

「だが、二十面相《めんそう》さえとらえてしまえば、手下なんか一網打尽《いちもうだじん》だよ。それにぬすまれた塔はにせものだっていうじゃないか。ともかく親玉《おやだま》さえつかまえてしまえば、こっちのもんだ。ああ、早く出てこないかなあ。」

べつの警官が、腕《うで》をさすりながら、待ちどおしそうに答えるのです。

たばこをすうのもえんりょして、じっと暗闇《くらやみ》の中に待っている待ちどおしさ。まるで時間が止まってしまったような感《かん》じです。

「おい、何か音がしたようだぜ。」

「エッ、どこに？」

思わず懐中電灯《かいちゅうでんとう》をつかんで立ちあがったことが、いく度《たび》あったでしょう。

「なあんだ、ネズミじゃないか。」

当《とう》の二十面相《めんそう》は、いつまでたっても、姿《すがた》をあらわさないのでした。

しかし、おお、こんどこそは、人間です。人間が穴《あな》の中からはいだしてくる物音《ものおと》です。サラサラと土のくずれる音、ハッハッという息づかい、いよいよ二十面相がやってきたのです。

五名の警官《けいかん》はいっせいに立ちあがって、身《み》がまえました。二つの懐中電灯の丸い光が、左右からパッと穴の入り口を照《て》らしました。

「おい、ぼくだよ、ぼくだよ。」

意外《いがい》にも、穴をはいだしてきた人物《じんぶつ》が、したしそうに声をかけるではありませんか。

それは怪盗《かいとう》ではなくて、ひとりの若《わか》い警官だったのです。見知らぬ顔ですけれど、きっとこの区《く》の警察署《けいさつしょ》の警官なのでしょう。

「賊《ぞく》はどうしました。逃《に》げたんですか。」

見はりをしていた警官のひとりが、ふしんそうにたずねました。

「いや、もうとらえました。明智《あけち》さんの手引きで、ぼくの署のものが、しゅびよく逮捕《たいほ》し

たのです。あなたがたも早くあちらへ行ってください……。ぼくはこのぬけ穴《あな》の検分《けんぶん》をおおせつかったのです。もしや同類《どうるい》がかくれてやしないかというのでね。しかし、だれもいなかったですよ。」

若《わか》い警官《けいかん》は、手錠《てじょう》をガチャガチャいわせながら、やっと穴をはいだして、五人の前に立ちました。

「なあんだ、もう逮捕《たいほ》したんだって？」

こちらは、せっかく意気《いき》ごんだのにむだになったと知って、がっかりしてしまいました。いや、がっかりしたというよりも、他署《たしょ》のものに手柄《てがら》をうばわれて、すくなからず不平《ふへい》なのです。

「明智《あけち》さんから、あなたがたに、もう見はりをしなくっていいから、早くこちらへ来てくださいということでしたよ……。ぼくはちょっと、署まで用事《ようじ》がありますから、これで失《しっ》敬《けい》します。」

若い警官はテキパキといって、暗闇《くらやみ》の中を、グングンあき家《や》の表口《おもてぐち》のほうへ歩いていきました。

とりのこされた五人の警官は、なんとなくふゆかいな気持ちで、きゅうには動《うご》く気にもなれず、

「なあんだ、つまらない。」

などとつぶやきながら、ぐずぐずしていましたが、やがて、その中のひとりが、ハッと気づいたようにさけびました。

「おい、へんだぜ。あの男、ぬけ穴《あな》の調査《ちょうさ》を命《めい》じられたといいながら、報告《ほうこく》もしないで、署《しょ》に帰るなんて、少しつじつまがあわないじゃないか。」

「そういえば、おかしいね。あいつ穴の中をしらべるのに、懐中電灯《かいちゅうでんとう》もつけていなかったじゃないか。」

警官《けいかん》たちは、なんとも形容《けいよう》のできない、みょうな不安《ふあん》におそわれはじめました。

「おい、二十面相《めんそう》というやつは、なんにだって化《ば》けるんだぜ。いつかは国立博物館長《こくりつはくぶつかんちょう》＊にさえ化けたんだ。もしや今のは……。」

「エッ、なんだって、それじゃ、あいつが二十面相だっていうのか。」

「おい、追《お》っかけてみよう。もしそうだったら、ぼくらは係長《かかりちょう》にあわす顔がないぜ。」

「よしッ、追っかけろ。ちくしょう逃《に》がすものか。」

五人は、あわただしくあき家《や》の入り口にかけだして、深夜《しんや》の町を見わたしました。

「アッ、あすこを走っている。ためしに呼《よ》んでみようじゃないか。」

そこで一同声をそろえて、

＊第1巻『怪人二十面相』での事件

「オーイ、オーイ。」

とどなったのですが、それを聞きつけた相手《あいて》は、ヒョイとふりかえったかと思うと、立ちどまるどころか、まえにもました勢《いきお》いで、いちもくさんに逃《に》げだしたではありませんか。

「アッ、やっぱりそうだ。あいつだ。あいつが二十面相《めんそう》だっ。」

「ちくしょう、逃がすものか。」

五人はやにわに走りだしました。

もう一時をすぎた真夜中《まよなか》です。昼間《ひるま》はにぎやかな商店街《しょうてんがい》も、廃墟《はいきょ》のように静《しず》まりかえり、光といってはまばらに立ちならぶ街灯《がいとう》ばかり、人っ子ひとり通らないアスファルト道が、はるかにやみの中へ消《き》えています。

その中を、逃げるひとりの警官《けいかん》、追《お》いかける五人の警官、キツネにでもつままれたような奇妙《きみょう》な追跡《ついせき》がはじまりました。若い警官は、おそろしく足が速いのです。町かどに来るたびに、あるいは右に、あるいは左に、めちゃくちゃに方角をかえて、追《お》っ手《て》をまこうとします。

そして、さしかかったのが、京橋《きょうばし》の、とある小公園《しょうこうえん》の塀外《へいそと》でした。右がわは公園のコンクリート塀、左がわはすぐ川に面《めん》している、さびしい場所《ばしょ》です。

二十面相は、そこまで走ってきますと、ヒョイと立ちどまって、うしろをふりかえりま

したが、五人のおまわりさんはまだ町かどの向《む》こうがわを走っているとみえて、追《お》っ手《て》らしい姿《すがた》はどこにも見えません。

それをたしかめたうえ、二十面相《めんそう》は何を思ったのか、いきなりそこにうずくまって、地《じ》面《めん》に手をかけ、ウンとりきみますと、さしわたし五十センチほどの丸い鉄板《てっぱん》が、ふたをひらくように持ちあがり、その下に大きな黒い穴《あな》があきました。水道のマンホールなのです。東京《とうきょう》の読者諸君《どくしゃしょくん》は、水道の係《かか》りの人たちが、あの丸い鉄のふたをとって、地中《ちちゅう》へもぐりこんで、工事《こうじ》をしているのを、よくお見かけになるでしょう。今、二十面相は、その鉄のふたをひらいたのです。そして、ショイとそこへとびこむと、すばやく中から、ふたをもとのとおりにしめてしまいました。

鉄のふたがしまるのと、五人のおまわりさんが町かどをまがるのと、ほとんど同時でした。

「おや、へんだぞ。たしかにあいつはここをまがったんだが。」

おまわりさんたちは立ちどまって、死《し》んだように静《しず》まりかえった夜ふけの町を見わたしました。

「向こうのまがりかどまでは百メートル以上もあるんだから、そんなに早く姿が見えなくなるはずはない。塀《へい》を乗《の》りこして、公園《こうえん》の中へかくれたんじゃないか。」

「それとも、川へとびこんだのかもしれんぜ。」

そんなことをいいかわして、おまわりさんたちは、注意《ちゅうい》ぶかく左右を見まわしながら、急《いそ》ぎ足に例《れい》のマンホールの上を通りすぎて、公園《こうえん》の入り口のほうへ遠ざかっていきました。

マンホールの鉄《てつ》ぶたは、五人の靴《くつ》でふまれるたびに、ガンガンとにぶい響《ひび》きをたてました。おまわりさんたちは、そうして、二十面相《めんそう》の頭の上を通りながら、少しもそれと気づかなかったのです。東京《とうきょう》の人は、マンホールなどには、なれっこになっていて、そのうえを歩いても、気のつかぬことが多いのです。

五人の警官《けいかん》がしょうぜんとして大鳥時計店《おおとりとけいてん》にたちかえり、事《こと》のしだいを明智《あけち》に報告《ほうこく》したのは、それから二十分ほどのちのことでした。

それを聞いて、明智探偵《あけちたんてい》は失望《しつぼう》したでしょうか。警官たちの失策《しっさく》にかんしゃくをおこしたでしょうか。いやいや、けっしてそうではありませんでした。読者諸君《どくしゃしょくん》、ご安心《あんしん》ください。われわれの名探偵はこれしきの失敗《しっぱい》に勇気《ゆうき》をうしなうような人物《じんぶつ》ではありません。彼《かれ》のすばらしい脳髄《のうずい》には、まだまだとっておきの奥《おく》の手《て》が、ちゃんと用意《ようい》されていたのです。

「いや、ご苦労《くろう》でした。ぼくもあいつがぬけ穴《あな》の中に変装《へんそう》の衣装《いしょう》をかくしていようとは思いもおよばなかった。しかし、諸君、失望なさることはありませんよ。こういうこともあろうかと、ぼくはちゃんと、もう一だん奥の用意がしてあるのです。

二十面相《めんそう》はしゅびよく逃《に》げおおせたつもりでいても、まだぼくの張《は》った網《あみ》の中からのがれることができないのです。見ていてください。明朝《みょうちょう》までには、きっと諸君《しょくん》のかたきをとってあげますよ。

ほんとうをいえば、あいつが逃げてくれたのは思うつぼなのです。ぼくはゆかいでたまらないくらいです。なぜといって、そのぼくの奥《おく》の手《て》というのは、じつにすばらしい手段《しゅだん》なのですからね。諸君、見ていてください。二十面相がどんな泣《な》きつらをするか。ぼくの部下《ぶか》たちが、どんなみごとなはたらきをするか。

さあ、小林君《こばやしくん》、二十面相の最後《さいご》の舞台《ぶたい》へ、急《いそ》いで出かけるとしよう。」

名探偵《めいたんてい》はいつにかわらぬほがらかな笑顔《えがお》をうかべて、愛弟子《まなでし》小林君をまねきました。そして、大鳥時計店《おおとりとけいてん》をたちいでますと、そこに待たせてあった自動車《じどうしゃ》に乗《の》って、夜霧《よぎり》の中を、いずこともなく走りさったのでありました。

さて、わたしたちは、もう一度《ど》、あの公園《こうえん》の前に立ちもどって、マンホールの中へかくれた二十面相が、どんなことをするか、それを見さだめなければなりません。

警官《けいかん》たちがたちさってしまいますと、そのあたりはまた、ヒッソリともとの静《しず》けさにかえりました。深夜《しんや》の二時です。人通りなどあるはずはありません。

遠くのほうから、犬の鳴《な》き声が聞こえていましたが、それもしばらくしてやんでしまうと、この世《よ》から音というものがなくなってしまったような静《しず》けさです。

黒く夜空にそびえている公園の林のこずえが、風もないのにガサガサと動《うご》いたかと思うと、夜の鳥が、あやしい声で、ゲ、ゲ、と二声鳴きました。

空は一面《いちめん》にくもって、星もないいやみ夜です。光といっては、ところどころの電柱《でんちゅう》にとりつけてある街灯《がいとう》ばかり。その街灯の一つが二十面相《めんそう》のかくれたマンホールの黒い鉄板《てっぱん》の上を、うすぼんやりと照《て》らしています。

でも、マンホールのふたは、いつまでたっても動かないのです。ああ、二十面相は、あの暗闇《くらやみ》の土の中で、いったい何をしているのでしょう。

長い長い二時間がすぎて、四時となりました。東の空がうっすらとしらみはじめています。遠い*深川《ふかがわ》の空から、徹夜《てつや》作業《さぎょう》の工場《こうじょう》の汽笛《きてき》が夜明けの近づいたことを知らせるように、もの悲《がな》しく、かすかにひびいてきました。

すると、街灯に照らされたマンホールのふたが、生きものでもあるかのように、少しずつ動きはじめました。やがて、鉄板はカタンとみぞをはずれて、ジリジリと地面《じめん》を横《よこ》へすべっていきます。そして、その下から、まっ黒な穴《あな》の口が、一センチ、二センチと、だんだん大きくひらいていくのです。

＊現在の江東区の一部

長いあいだかかって、鉄《てつ》のふたはすっかりひらきました。すると、そこの丸い穴《あな》から、新しいネズミ色のソフト帽《ぼう》がニューッとあらわれてきたではありませんか。そして、そのつぎには、鼻《はな》の下に黒いひげをはやしたりっぱな青年紳士《せいねんしんし》の顔、それからまっ白なソフト・カラー、はでなネクタイ、折《お》り目《め》の正しい上等《じょうとう》の背広服《せびろふく》と、胸《むね》のへんまで姿《すがた》を見せて、その紳士は、注意《ちゅうい》ぶかくあたりを見まわしましたが、どこにも人かげのないのをたしかめると、パッと穴の中から地上にとびだし、すばやく鉄のふたをもとのとおりにしめて、そのまま何くわぬ顔で、歩きはじめました。

この青年紳士が怪盗《かいとう》二十面相《めんそう》の変装姿《へんそうすがた》であったことは、申《もう》すまでもありません。ああ、なんという用心ぶかいやり口でしょう。二十面相は、何か仕事《しごと》をもくろみますと、まんいちのばあいのために、いつもその付近《ふきん》のマンホールの中へ、変装用の衣装《いしょう》をかくしておくのです。そして、もし警官《けいかん》に追《お》われるようなことがあれば、すばやく、そのマンホールの中へ身《み》をかくし、まったくちがった顔と服装《ふくそう》とになって、そしらぬ顔で逃《に》げてしまうのです。

読者諸君《どくしゃしょくん》のおうちの近所《きんじょ》にも、マンホールがあることでしょうが、もしかすると、その中に、大きな黒いふろしき包《づつ》みがかくしてあるかもしれませんよ。まんいちそんなふろしき包みが見つかるようなことがあれば、それは二十面相が、そのへんで何かおそろしいも

くろみをしたしょうこなのです。

さて、二十面相《めんそう》の青年紳士《せいねんしんし》は、急《いそ》ぎ足に近くの大通りへ出ますと、そこの駐車場《ちゅうしゃじょう》にならんでいたいちばん前の自動車《じどうしゃ》に近づき、居《い》ねむりをしている運転手《うんてんしゅ》を呼《よ》びおこしました。

そして運転手がドアをひらくのを待ちかねて、客席《きゃくせき》へとびこみ、早口に行く先をつげるのでした。

自動車は、ガランとした夜明けの町を、ひじょうな速力《そくりょく》で走っていきます。銀座通《ぎんざどお》りを出て、新橋《しんばし》をすぎ、環状線《かんじょうせん》を品川《しながわ》へ、品川から京浜国道《けいひんこくどう》を西に向《む》かって一キロほど、とある枝道《えだみち》を北へはいってしばらく行きますと、だんだん人家がまばらになり、まがりくねった坂道《さかみち》の向こうに、林につつまれた小さな丘《おか》があって、その上にポツンと一軒《けん》の古風《こふう》な洋《よう》館《かん》が、建《た》っているのがながめられました。

「よし、ここでいい。」

二十面相の青年紳士は、自動車をとめさせて、料金《りょうきん》をはらいますと、そのまま丘の上へとのぼっていき、木立《こだ》ちをくぐって、洋館の玄関《げんかん》へはいってしまいました。

読者諸君《どくしゃしょくん》、ここが二十面相のかくれがでした。賊《ぞく》はとうとう安全《あんぜん》な巣窟《そうくつ》へ逃《に》げこんでしまったのです。では、明智探偵《あけちたんてい》のせっかくの苦心《くしん》も水のあわとなったのでしょうか。二十面相は、かんぜんに探偵の目をくらますことができたのでしょうか。

美術室《びじゅつしつ》の怪《かい》

二十面相《めんそう》がドアをあけて、玄関《げんかん》のホールに立ちますと、その物音《ものおと》を聞きつけて、ひとりの部下《ぶか》が顔を出しました。頭の毛をモジャモジャにのばして、顔いちめんに無精《ぶしょう》ひげのはえた、きたならしい洋服男《ようふくおとこ》です。

「お帰《かえ》りなさい……。大成功《だいせいこう》ですね。」

部下の男はニヤニヤしながらいいました。何も知らないらしいのです。

「大成功? おやおや、何を寝《ね》ぼけているんだ。おれはマンホールの中で夜を明かしてきたんだぜ。近ごろにない大失敗《だいしっぱい》さ。」

二十面相はおそろしいけんまくでどなりつけました。

「だって、黄金塔《おうごんとう》はちゃんと手にはいったじゃござんせんか。」

「黄金塔か、あんなもの、どっかへうっちゃっちまえ。おれたちは、にせものをつかまされたんだよ。またしても、明智《あけち》のやつのおせっかいさ、それに、こにくらしいのは、あの小林《こばやし》という小僧《こぞう》だ。お手伝《てつだ》いに化《ば》けたりして、チビのくせに、いやに知恵《ちえ》のまわる野郎《やろう》だ。」

部下《ぶか》の男は、首領《しゅりょう》のやつあたりにヘドモドしながら、

「いったいどうしたっていうんですか？　あっしゃ、まるでわけがわかりませんが。」

とふしん顔です。

「まあ、すんだことはどうだっていい。それより、おれはねむくってしかたがないんだ。何もかもねむってからのこと。それから、新規《しんき》まきなおしだ。あーあ……。」

二十面相《めんそう》は大きなあくびをして、フラフラと廊下《ろうか》をたどり、奥《おく》まった寝室《しんしつ》へはいってしまいました。

部下の男は、二十面相を送《おく》って、寝室の外まで来ましたが、中からドアがしまっても、そこのうす暗《ぐら》い廊下に、長いあいだたたずんで、何か考えていました。

やや五分ほども、そうしてじっとしていますと、つかれきった二十面相は、服《ふく》も着《き》がえないでベッドにころがったものとみえ、もうかすかないびきの音が聞こえてきました。

それを聞きますと、ひげむじゃの部下は、なぜかニヤニヤと笑《わら》いながら、寝室の前を立ちさりましたが、ふたたび玄関《げんかん》に引きかえし、入り口のドアの外へ出て、向《む》こうの林のしげみへ向かって、右手を二、三度《ど》大きくふりうごかしました。なんだか、その林の中にかくれている人に、あいずでもしているようなかっこうです。

夜が明けたばかりの、五時少しまえです。林の中は、まだゆうべのやみが残《のこ》っているよ

うに、うす暗《ぐら》いのです。こんなに朝早くから、いったい何者《なにもの》が、そこにかくれているというのでしょう。

ところが、部下《ぶか》の男が手をふったかと思うと、その林の下のしげった木の葉が、ガサガサと動《うご》いて、その間から、何かほの白い丸いものが、ぼんやりとあらわれました。うす暗いのでよくわかりませんが、どうやら人の顔のようにも思われます。

すると、建物《たてもの》の入り口に立っている部下の男が、こんどは両手《りょうて》をまっすぐにのばして、左右にあげたりさげたり、鳥の羽ばたきのようなまねを、三度《ど》くりかえしました。

いよいよへんです。この男はたしかに何か秘密《ひみつ》のあいずをしているのです。相手《あいて》は何者でしょう。二十面相《めんそう》の敵《てき》か味方《みかた》か、それさえもはっきりわかりません。

その奇妙《きみょう》なあいずが終《お》わりますと、こんどはいっそうふしぎなことがおこりました。今まで林のしげみの中にぼんやり見えていた、人の顔のようなものが、スッとかくれたかと思うと、まるで大きなけだものでも走っているように、木の葉がはげしくざわめき、何かしら黒い影《かげ》が、木立《こだ》ちの間を向《む》こうのほうへ、とぶようにかけおりていくのが見えました。

その黒い影はいったい何者だったのでしょう。そして、あのひげむじゃの部下はなんのあいずをしたのでしょう。

さて、お話は、それから七時間ほどたった、その日のお昼ごろのできごとにうつります。

そのころになって、寝室《しんしつ》の二十面相《めんそう》はやっと目をさましました。じゅうぶんねむったものですから、ゆうべのつかれもすっかりとれて、いつもの快活《かいかつ》な二十面相にもどっていました。まず浴室《よくしつ》にはいって、さっぱりと顔を洗《あら》いますと、毎朝の習慣《しゅうかん》にしたがって、廊下《ろうか》の奥《おく》のかくし戸をひらいて、地底《ちてい》の美術室《びじゅつしつ》へと、おりていきました。

その洋館《ようかん》には広い地下室があって、そこが怪盗《かいとう》の秘密《ひみつ》の美術陳列室《びじゅつちんれつしつ》になっているのです。読者諸君《どくしゃしょくん》もごぞんじのとおり、二十面相は、世間《せけん》の悪漢《あっかん》のように、お金をぬすんだり、人を殺《ころ》したり、傷《きず》つけたりはしないのです。ただいろいろな美術品《びじゅつひん》をぬすみあつめるのが念《ねん》願《がん》なのです。

以前《いぜん》の巣窟《そうくつ》は、国立博物館事件《こくりつはくぶつかんじけん》のとき、明智探偵《あけちたんてい》のために発見《はっけん》され、ぬすみあつめた宝《ほう》物《もつ》を、すっかりうばいかえされてしまいましたが、それからのち、二十面相は、また、おびただしい美術品をぬすみためて、この新しいかくれがの地下室に、秘密の宝庫《ほうこ》をこしらえていたのです。

そこは二十畳敷《じょうじ》きぐらいの広さで、地下室とは思われぬほど、りっぱな飾《かざ》りつけをした部屋《へや》です。四方の壁《かべ》には、日本画《にほんが》の掛《か》け軸《じく》や、大小さまざまの西洋画《せいようが》の額《がく》などが、ところせましとかけてありますし、その下にはガラスばりの台がズッとならんでいて、目もまばゆい貴金属《ききんぞく》、宝石類《ほうせきるい》の小美術品が陳列してあります。また、壁のところどころには、古い

時代《じだい》の木彫《きぼ》りの仏像《ぶつぞう》が、つごう十一体、れんげ台*の上に安置《あんち》されています。それらの美術《びじゅつ》品《ひん》は、どれを見ても、みな由緒《ゆいしょ》のある品《しな》ばかり、私設博物館《しせつはくぶつかん》といってもいいほどのりっぱさです。

地下室のことですから、窓《まど》というものがなく、わずかに、天井《てんじょう》のすみに、厚《あつ》いガラス張《ば》りの天窓《てんまど》のようなものがあり、そこからにぶい光がさしこんでいるばかりですから、美術室は昼間でも、夕方のようにうす暗《ぐら》いのです。

部屋《へや》の天井には、りっぱな装飾電灯《そうしょくでんとう》がさがっていますけれど、二十面相《めんそう》は、新しい宝物《ほうもつ》を手に入れたときででもなければ、めったに電灯をつけません。大寺院《だいじいん》のお堂《どう》の中のような、おもおもしいうす暗さが大すきだからです。そのうす暗い中でながめますと、古い絵や仏像がいっそう古めかしく尊《とうと》く感《かん》じられるからです。

二十面相は、いま、その美術室のまんなかに立って、ぬすみためた宝物を、さも楽しそうに見まわしていました。

「フフン、明智先生《あけちせんせい》、おれの裏《うら》をかいたと思って、得意《とくい》になっているが、黄金塔《おうごんとう》がなんだ。あんなもの一つぐらいしくじったって、おれはこんなに宝物を集《あつ》めているんだ。さすがの明智先生も、ここにこんなりっぱな美術室があろうとは、ごぞんじあるまいて、フフフ……」

＊ハスの花の形をした台

怪盗《かいとう》はひとりごとをいって、さもゆかいらしく笑《わら》うのでした。

二十面相《めんそう》は部屋《へや》のすみの一つの仏像《ぶつぞう》の前に近づきました。

「じつによくできているなあ。なにしろ国宝《こくほう》だからね。まるで生きているようだ。」

そんなことをつぶやきながら、仏像の肩《かた》のへんをなでまわしていましたが、なにを思ったのか、ふと、その手をとめて、びっくりしたように、しげしげと仏像の顔をのぞきこみました。

その仏像はいやになまあたたかかったからです。あたたかいばかりでなく、からだがドキンドキンと脈《みゃく》うっていたからです。まるで息でもしているように、胸《むね》のへんがふくれたりしぼんだりしていたからです。

いくら生きているような仏像だって、息をしたり、脈をうったりするはずはありません。なんだかへんです。お化《ば》けみたいな感《かん》じです。

二十面相は、ふしぎそうな顔をして、その仏像の胸《むね》をたたいてみました。ところが、いつものようにコツコツという音がしないで、なんだかやわらかい手ごたえです。

たちまち、二十面相の頭に、サッと、ある考えがひらめきました。

「やいっ、きさま、だれだっ!」

彼《かれ》はいきなり、おそろしい声で、仏像をどなりつけたのです。

すると、ああ、なんということでしょう。どなりつけられた仏像《ぶつぞう》が、ムクムクと動《うご》きだしました。そして、まっ黒になったやぶれ衣《ごろも》の下から、ニューッとピストルの筒口《つつぐち》があらわれ、ピッタリと怪盗《かいとう》の胸《むね》にねらいがさだめられたではありませんか。

「きさま、小林《こばやし》の小僧《こぞう》だなッ。」

二十面相《めんそう》は、すぐさまそれとさとりました。*この手は以前《いぜん》に一度経験《どけいけん》していたからです。しかし、仏像は何も答えませんでした。無言《むごん》のまま、左手をあげて、二十面相のうしろを指《ゆび》さしました。

そのようすがひどくぶきみだったものですから、怪盗は思わずヒョイと、うしろをふりむきましたが、すると、これはどうしたというのでしょう。部屋中《へやじゅう》の仏像がみな、れんげ台の上で、むくむくと動きだしたではありませんか。そして、それらの仏像の右手には、どれもこれも、ピストルが光っているのです。十一体の仏像が、四方から、怪盗めがけて、ピストルのねらいをさだめているのです。

さすがの二十面相も、あまりのことに、アッと立ちすくんだまま、キョロキョロとあたりを見まわすばかりです。

「夢《ゆめ》をみているんじゃないかしら。それともおれは気でもちがったのかしら。十一体の仏像が十一体とも、生きて動きだして、ピストルをつきつけるなんて、そんなばかなことが、

＊第１巻『怪人二十面相』での事件

ほんとうにおこるものかしら。」

二十面相《めんそう》は、頭の中がこんぐらかって、何がなんだかわけがわからなくなってしまいました。フラフラと目まいがして、今にもたおれそうな気持ちです。

「おや、どうかなすったのですかい。顔色がひどく悪《わる》いじゃございませんか。」

とつぜん声がして、けさのひげむじゃの部下《ぶか》の男が、美術室《びじゅつしつ》へはいってきました。

「ウン、少し、目まいがするんだ。おまえ、この仏像《ぶつぞう》をよくしらべてみてくれ、おれにはなんだかみょうなものに見えるんだが……」

二十面相は頭をかかえて、弱音《よわね》をはきました。

すると部下の男は、いきなり笑《わら》いだして、

「ハハハ……、仏《ほとけ》さまが生きて動《うご》きだしたというんでしょう。天罰《てんばつ》ですぜ。二十面相に天罰がくだったんですぜ。」

と、みょうなことをいいだしました。

「エッ、なんだって?」

「天罰だといっているんですよ。とうとう二十面相の運《うん》のつきが来たといっているんですよ。」

二十面相は、あっけにとられて相手《あいて》の顔を見つめました。木彫《きぼ》りの仏像が動きだしたば

かりでなく、信《しん》じきっていた部下《ぶか》までが、気でもちがったように、おそろしいことをいいだしたのです。いよいよ、何がなんだかわからなくなってしまいました。

「ハハハ……、おいおい、二十面相《めんそう》ともあろうものが、みっともないじゃないか、こんなことでびっくりするなんて。ハハハ……、まるでハトが豆鉄砲《まめでっぽう》をくらったような顔だぜ。」

部下の男の声が、すっかりかわってしまいました。今までのしわがれ声が、たちまちよく通る美しい声にかわってしまったのです。

二十面相は、どうやらこの声に聞きおぼえがありました。ああ、ひょっとしたら、あいつじゃないかしら。きっとあいつだ。ちくしょうめ、あいつにちがいない。しかし、彼《かれ》はおそろしくて、その名を口にだすこともできないのでした。

「ハハハ……、まだわからないかね。ぼくだよ。ぼくだよ。」

部下の男は、ほがらかに笑《わら》いながら、顔いちめんのつけひげを、皮《かわ》をはぐようにめくりとりました。

すると、その下から、にこやかな青年紳士《せいねんしんし》の顔があらわれてきたのです。

「アッ、きさま、明智小五郎《あけちこごろう》！」

「そうだよ、ぼくも変装《へんそう》はまずくはないようだね。本家本元《ほんけほんもと》のきみをごまかすことができたんだからね。もっとも、けさは夜が明けたばかりで、まだうす暗《ぐら》かったし、この地下室

も、ひどく暗《くら》いのだから、そんなにいばれたわけでもないがね。」

ああ、それは意外《いがい》にもわれらの明智探偵《あけちたんてい》だったのです。

二十面相《めんそう》は、一時はギョッと顔色をかえましたが、相手《あいて》が化《ば》けものでもなんでもなく、明智探偵とわかりますと、さすがは怪人《かいじん》、やがてだんだん落《お》ちつきをとりもどしました。

「で、おれをどうしようというのだね。探偵さん。」

彼《かれ》はにくにくしくいいながら、傍若無人《ぼうじゃくぶじん》に地下室の出口のほうへ歩いていこうとするのです。

「とらえようというのさ。」

探偵は二十面相の胸《むね》を、グイグイとおしもどしました。

「で、いやだといえば？　仏像《ぶつぞう》どもがピストルをうつというしかけかね。フフフ……、おどかしっこなしだぜ。」

怪盗《かいとう》は、たかをくくって、なおも明智をおしのけようとします。

「いやだといえばこうするのさ！」

肉弾《にくだん》と肉弾とがはげしい勢《いきお》いでもつれあったかと思うと、おそろしい音をたてて、二十面相のからだが床《ゆか》の上に投げたおされていました。背負《せお》い投《な》げがみごとにきまったのです。

二十面相は投げたおされたまま、あっけにとられたように、キョトンとしていました。

明智探偵《あけちたんてい》にこれほどの腕力《わんりょく》があろうとは、今の今まで、夢《ゆめ》にも知らなかったからです。

二十面相《めんそう》は少し柔道《じゅうどう》のこころえがあるだけに、段《だん》ちがいの相手《あいて》の力量《りきりょう》がはっきりわかるのです。そして、これではいくら手むかいしてみても、とてもかなうはずはないとさとりました。

「こんどこそはおれの負《ま》けだね。フフフ……。二十面相もみじめな最期《さいご》をとげたもんさねえ。」

彼は、にが笑《わら》いをうかべながら、しぶしぶ立ちあがると、「さあ、どうでもしろ」というように、明智探偵をにらみつけました。

大《だい》爆《ばく》発《はつ》

二十面相は、十一体の仏像《ぶつぞう》のピストルにかこまれ、明智探偵の監視《かんし》をうけながら、もうあきらめはてたように美術室《びじゅつしつ》の中を、フラフラと歩きまわりました。

「ああ、せっかくの苦心《くしん》も水のあわか。おれは何よりも、この美術品《びじゅつひん》をうしなうのがつらいよ。明智君、武士《ぶし》のなさけだ。せめて名ごりをおしむあいだ、外の警官《けいかん》を呼《よ》ぶのを待ってくれたまえね。」

二十面相《めんそう》は、早くもそれをさとっていました。いかにも彼《かれ》の推察《すいさつ》したとおり、この洋館《ようかん》の外は、数十人の警官隊《けいかんたい》によって、アリのはいでるすきもなく、ヒシヒシと四方からとりかこまれていたのです。

明智探偵《あけちたんてい》も、怪人《かいじん》のしおらしいなげきには、いささかあわれをもよおしたのでしょう。

「さあ、ぞんぶんに名ごりをおしむがいい」といわぬばかりに、じっともとの場所にたたずんだまま、腕組《うでぐ》みをしています。

二十面相は、しおしおとして、部屋《へや》の中を行きつもどりつしていましたが、いつとはなしに明智探偵から遠ざかって、部屋の向《む》こうのすみにたどりつくと、いきなりそこへうずくまって、何か床板《ゆかいた》をゴトゴトとやっていましたが、とつぜん、ガタンというはげしい音がして、ハッと思うまに、彼《かれ》の姿《すがた》は、かき消《け》すように見えなくなってしまいました。

ああ、これこそ賊《ぞく》の最後《さいご》の切《き》り札《ふだ》だったのです。美術室《びじゅつしつ》の下には、さらに一段深《だんふか》い地下の穴《あな》ぐらが用意《ようい》してあったのです。二十面相は明智のゆだんを見すまして、すばやく穴ぐらのかくしぶたをひらき、その暗闇《くらやみ》の中へころがりこんでしまったのです。

われらの名探偵は、またしても賊のためにまんまとはかられたのでしょうか。このどたん場《ば》まで追《お》いつめながら、ついに二十面相をとりにがしてしまったのでしょうか。

読者諸君《どくしゃしょくん》、ご安心《あんしん》ください。明智探偵は少しもさわぎませんでした。そして、さもゆか

いそうにニコニコと笑《わら》っているのです。探偵《たんてい》はゆっくりその穴《あな》ぐらの上まで歩いていきますと、あいたままになっている入り口をのぞきこんで、二十面相《めんそう》に呼《よ》びかけました。

「おいおい、二十面相君《めんそうくん》、きみは何を血《ち》まよったんだい。この穴ぐらをぼくが知らなかったとでも思っているのかい。知らないどころか、ぼくはここをちゃんと牢屋《ろうや》に使《つか》っていたんだよ。よくそのへんを見てごらん。きみの三人の部下《ぶか》が、手足をしばられ、さるぐつわをはめられて、穴ぐらの底《そこ》にころがっているはずだぜ。その三人はぼくの仕事《しごと》のじゃまになったので、ゆうべからそこに引きこもってもらったのさ。その中にひとり、シャツ一枚《まい》のやつがいるだろう。ぼくが洋服《ようふく》を拝借《はいしゃく》したんだよ。そして、つけひげをして、お化粧《けしょう》をして、まんまときみの部下になりすましたのさ。

ぼくはね、そいつが、大鳥時計店《おおとりとけいてん》の例《れい》の地下道から、にせものの黄金塔《おうごんとう》をはこびだすのを尾行《びこう》したんだぜ。そして、きみのかくれがをつきとめたってわけさ。ハハハ……。

二十面相君。きみはとんだところへ逃《に》げこんだものだね。まるで、われとわが身《み》を牢屋へとじこめたようなものじゃないか。その穴ぐらにはほかに出口なんてありゃしない。つまり地の底《そこ》の墓場《はかば》のようなものさ。おかげできみをしばる手数《てすう》がはぶけたというものだよ。ハハハ……」

明智《あけち》はさもおかしそうに笑いながら、十一体の仏像《ぶつぞう》どものほうをふりむきました。

「小林君《こばやしくん》、もうここはいいから、みんなをつれて外へ出たまえ。そして、警官隊《けいかんたい》に、二十面相《めんそう》を引きとりにくるよう伝《つた》えてくれたまえ。」

それを聞きますと、将軍《しょうぐん》の号令《ごうれい》でも受けたように、十一体の仏像《ぶつぞう》は、サッとれんげ台をとびおりて、部屋《へや》の中央《ちゅうおう》に整列《せいれつ》しました。仏像が少年探偵団員《しょうねんたんていだんいん》のきばつな変装姿《へんそうすがた》であったことは、読者諸君《どくしゃしょくん》も、とっくにお察《さっ》しになっていたでしょうね。

団員たちは、うらみかさなる二十面相の逮捕《たいほ》を、指《ゆび》をくわえて見ていることができなかったのです。たとえ明智探偵《あけちたんてい》の足手《あしで》まといになろうとも、何か一役《ひとやく》引きうけないでは、気がすまなかったのです。

そこで、小林団長のいつかの知恵《ちえ》にならって、賊《ぞく》の美術室《びじゅつしつ》にちょうど十一体の仏像があるのをさいわい、そのうす暗《ぐら》い地下室で、団員ぜんぶが仏像に化《ば》け、にくい二十面相をゾッとさせる計略《けいりゃく》を思いたちました。そして小林少年を通じて、明智探偵にせがんだすえ、とうとうその念願《ねんがん》をはたしたのです。

その夜明け、賊の部下《ぶか》に変装した明智探偵のあいずをうけ、林の中をかけだした黒い人かげは、ほかならぬ小林少年でした。小林君はそれからしばらくして、少年探偵団員を引きつれ、賊のかくれがにやってきたのでした。

十一体の仏像は正しく三列《れつ》にならんで、明智探偵をみつめ、そろって挙手《きょしゅ》の礼《れい》をしたか

とおもうと、

「明智先生《あけちせんせい》、ばんざーい。少年探偵団《しょうねんたんていだん》、ばんざーい。」

と、かわいい声をはりあげてさけびました。そして、まわれ右をすると、小林少年《こばやししょうねん》を先頭《せんとう》に、奇妙《きみょう》な仏像《ぶつぞう》の一群《ぐん》は、サーッと地下室をかけだしていったのです。

あとには、穴《あな》ぐらの入り口と、その底《そこ》とで、名探偵《めいたんてい》と怪盗《かいとう》とのさし向《む》かいでした。

「かわいい子どもたちだよ。あれらが、どれほど深《ふか》くきみをにくんでいたと思う。それはおそろしいほどだったぜ。あたりまえならば、こんなところへ来《こ》させるものではないけれど、あまり熱心《ねっしん》にせがまれるので、ぼくもいじらしくなってね。それに、相手《あいて》は紳士《しんし》の二十面相君《めんそうくん》だ。血《ち》のきらいな美術愛好者《びじゅつあいこうしゃ》だ。まさか危険《きけん》もあるまいと、ついゆるしてしまったのだが、あの子どもたちのおかげで、ぼくは、すっかりきみの機先《きせん》を制《せい》することができた。仏像が動《うご》きだしたときの、きみの顔といったらなかったぜ。ハハハ……、子どもだといってばかにできないものだね。」

明智探偵は、警官隊《けいかんたい》が来るまでのあいだを、まるでしたしい友だちにでもたいするように、何かと話しかけるのでした。

「フフフ……、二十面相は紳士泥棒《しんしどろぼう》か。二十面相は血がきらいか。ありがたい信用《しんよう》をはくしたもんだな。しかしね、探偵さん、その信用もばあいによりけりだぜ。」

地底《ちてい》の暗闇《くらやみ》から、二十面相《めんそう》の陰気《いんき》な声が、すてばちのようにひびいてきました。

「ばあいによりけりとは?」

「たとえばさ……。今のようなばあいさ。つまり、おれはここでいくらじたばたしたって、もうのがれられっこはない。しかも、その頭の上には、知恵《ちえ》でも腕力《わんりょく》でもとてもかなわない敵《てき》がいるんだ。やつざきにしてもあきたりないやつがいるんだ。」

「ハハハ……、そこできみとぼくと、真剣勝負《しんけんしょうぶ》をしようとでもいうのか。」

「今になって、そんなことがなんになる。この家は、警官《けいかん》にかこまれているんだ。いや、そういううちにも、ここへおれをひっとらえに来るんだ。おれのいうのは、勝負《しょうぶ》をあらそうのじゃない。まあ早くいえばさしちがえだね。」

怪盗《かいとう》の声はいよいよ陰にこもって、すごみをましてきました。

「え、さしちがえだって?」

「そうだよ。おれは紳士泥棒《しんしどろぼう》だから、飛《と》び道具《どうぐ》も刃物《はもの》も持っちゃいない。だから、昔《むかし》の侍《さむらい》みたいなさしちがえをやるわけにはいかん。そのかわりにね、すばらしいことがあるんだ。ね、探偵《たんてい》さん、きみはとんでもない見おとしをやっているぜ。

フフフ……、わかるまい。この穴《あな》ぐらの中にはね、二つ三つの洋酒《ようしゅ》のたるがころがっている。きみはそれを見ただろうね。ところが、探偵さん。このたるの中には、いったい何

がはいっていると思うね。

フフフ……、おれはこういうこともあろうかと、ちゃんとわが身《み》のしまつを考えておいたんだ。きみはさっき、この穴《あな》ぐらを墓場《はかば》だといったっけねえ。いかにも墓場だよ。おれは墓場と知ってころがりこんだのさ。骨《ほね》も肉《にく》もみじんも残《のこ》さず、ふっとんでしまう墓場だぜ。

わかるかい。火薬《かやく》だよ。このたるの中にはいっぱい火薬がつまっているのさ。おれは刃物《はもの》を持っていないけれど、マッチは持っているんだぜ。そいつをシュッとすって、たるの中に投《な》げこめば、きみもおれも、たちまちこっぱみじんさ。フフフ……」

そして、二十面相《めんそう》は、その火薬のつまっているというたるを、ゴロゴロと穴ぐらのまんなかにころがして、そのふたをとろうとしているようすなのです。

さすがの名探偵《めいたんてい》も、これにはアッと声をたてないではいられませんでした。

「しまった。しまった。なぜあのたるの中をしらべて見なかったのだろう。」

くやんでも、いまさらしかたがありません。

いくらなんでも、二十面相の死《し》の道づれになることはできないのです。名探偵には、まだまだ世《よ》の中のために、はたさなければならぬ仕事《しごと》が、山のようにあるのです。逃《に》げるほかにてだてはありません。探偵の足が早いか、賊《ぞく》が火薬のふたをあけ、火を点《てん》じるのが早

いか、命《いのち》がけの競争《きょうそう》です。

明智《あけち》はパッととびあがると、まるで弾丸《だんがん》のように、地下室を走りぬけ、階段《かいだん》を三段ずつ一とびにかけあがって、洋館《ようかん》の玄関《げんかん》にかけだしました。ドアをひらくと、出あいがしらに、十数名の制服警官《せいふくけいかん》が、二十面相逮捕《めんそうたいほ》のために、いま屋内《おくない》にはいろうとするところでした。

「いけないっ、賊《ぞく》は火薬《かやく》に火をつけるのです。早くお逃《に》げなさい。」

探偵《たんてい》は警官たちをつきとばすようにして、林の中へ走りこみました。あっけにとられた警官たちも、「火薬」ということばに、きもをつぶして、同じように林の中へ。

「みんな、建物《たてもの》をはなれろ！　爆発《ばくはつ》がおこるんだ。早く、逃げるんだ。」

建物《たてもの》の四方をとりまいていた警官隊《けいかんたい》は、そのただならぬさけび声に、みな丘《おか》のふもとへとかけおりました。どうして、そんなよゆうがあったのか、あとになって考えてみると、ふしぎなほどでした。二十面相はたるのふたをあけるのにてまどったのでしょうか。それともマッチがしめってでもいたのでしょうか。ちょうど人々が危険区域《きけんくいき》から遠ざかったころ、やっと爆発《ばくはつ》がおこりました。

それはまるで地震《じしん》のような地ひびきでした。洋館ぜんたいが宙天《ちゅうてん》にふっとんだかとうたがわれるほどの大音響《だいおんきょう》でした。でも、閉《と》じていた目をおずおずとひらいてみると、賊のかくれがは、べつじょうなく目の前に立っていました。爆発《ばくはつ》はただ地下室から一階《かい》の床《ゆか》をつ

らぬいただけで、建物《たてもの》の外部《がいぶ》には、なんの異状《いじょう》もないのでした。

しかし、やがて、一階の窓《まど》から、黒い煙《けむり》がムクムクと噴《ふ》きだしはじめました。そして、それがだんだん濃《こ》くなって、建物をつつみはじめるころには、まっ赤な火炎《かえん》が、まるで巨《きょ》大《だい》な魔物《まもの》の舌《した》のように、どの窓からも、メラメラとたちのぼり、みるみる建物ぜんたいが火のかたまりとなってしまいました。

このようにして、二十面相《めんそう》は最期《さいご》をとげたのでした。

火災《かさい》が終《お》わってから、焼《や》けあとのとりしらべがおこなわれたのは申《もう》すまでもありません。しかし、二十面相がいったとおり、肉《にく》も骨《ほね》もこっぱみじんにくだけ散《ち》ってしまったのか、ふしぎなことに怪盗《かいとう》の死《し》がいはもちろん、三人の部下《ぶか》の死がいも、まったく、発見《はっけん》することができませんでした。

解説

息づまる対決・知恵くらべ

尾崎秀樹《おざきほっき》
（文芸評論家）

『少年探偵団《しょうねんたんていだん》』は、江戸川乱歩《えどがわらんぽ》の「少年探偵」シリーズの『怪人《かいじん》二十面相《めんそう》』につづく第二弾《だん》です。昭和十二年一月から十二月まで、講談社《こうだんしゃ》発行の少年雑誌《しょうねんざっし》「少年倶楽部《しょうねんくらぶ》」に連載《れんさい》されました。

同じ時期に佐々木邦《ささきくに》『出世倶楽部《しゅっせくらぶ》』、佐藤紅緑《さとうこうろく》『黒将軍快々譚《くろしょうぐんかいかいたん》』、南洋一郎《みなみよういちろう》『緑《みどり》の無人島《むじんとう》』、子母沢寛《しもざわかん》『風雲白馬ヶ嶽《ふううんはくばがだけ》』、少《すこ》しおくれて吉川英治《よしかわえいじ》『天兵童子《てんぺいどうじ》』、小山勝清《こやまかつきよ》『彦一頓智《ひこいちとんち》ばなし』などが連載され、人気漫画《にんきまんが》の田河水泡《たがわすいほう》『のらくろ』、島田啓三《しまだけいぞう》『冒険《ぼうけん》ダン吉《きち》』、中島菊夫《なかじまきくお》『日《ひ》の丸旗之助《まるはたのすけ》』なども掲載《けいさい》されていて、「少年倶楽部」としては黄金《おうごん》の時代でした。

私はちょうどそのころ小学校の上級で、「少年倶楽部」は、発売をまちかねて愛読した一人でした。同級生のうち毎号購読《こうどく》している生徒は限られており、私は語《かた》り部《べ》として放課後《ほうかご》などに、その月の筋書《すじがき》を物語ったりしたものです。

明智小五郎探偵《あけちこごろうたんてい》の登場は、『D坂《ディーざか》の殺人事件《さつじんじけん》』（大正十四年）からです。このときの明智

探偵は、まだ髪《かみ》の毛をモジャモジャさせた、風采《ふうさい》などかまわないといったタイプでした。それが長編《ちょうへん》の『蜘蛛男《くもおとこ》』（昭和四年）あたりから、さっそうとした青年紳士《せいねんしんし》に変貌《へんぼう》します。その探偵事務所《たんていじむしょ》に、十三、四歳《さい》くらいのリンゴのようなほおをした小さい助手があらわれるのは『吸血鬼《きゅうけつき》』（昭和五年）が最初です。文代《ふみよ》さんという女性の助手は、この「吸血鬼」事件をきっかけに明智探偵《あけちたんてい》と結婚《けっこん》するのです。

ミステリーの世界で、本格的な謎《なぞ》ときものから、変格の幻想《げんそう》・怪奇《かいき》ものまでを幅《はば》広くこなし、その開拓者《かいたくしゃ》として仕事を展開してきた江戸川乱歩《えどがわらんぽ》は、昭和十年代に入って、新たに少年むきのミステリーの分野に意欲《いよく》を燃やします。そしてはじまるのが、『怪人《かいじん》二十面相《めんそう》』『少年探偵団《しょうねんたんていだん》』『妖怪博士《ようかいはかせ》』とつづく「少年探偵」シリーズです。

『少年探偵団』初版、講談社刊

『怪人二十面相』にはじまるこのシリーズは、怪《かい》盗《とう》と名探偵《めいたんてい》の知恵《ちえ》くらべに、明智探偵の少年助手小林芳雄《こばやしよしお》とそのグループが参加することになります。二十面相は怪盗《かいとう》とはいわれながら、ぜったいに人を殺すことはありません。アルセーヌ・ルパン同様に、美術品の収集家でもあります。変幻自《へんげんじ》在《ざい》に活躍《かつやく》する怪盗と、日本一の名探偵明智小五郎《めいたんていあけちこごろう》

家族とともに関西へ旅行する（昭和７年）

およびその手足として活動する小林少年《こばやししょうねん》たちの知恵《ちえ》のたたかいは、少年読者の人気を得ました。それというのも犯行《はんこう》の予告、人物のすりかえ、奈落《ならく》への転落など、ハラハラ、ドキドキするトリックの連続が少年たちをとりこにしたからです。

『怪人《かいじん》二十面相《めんそう》』では、実業界の大立者《おおだてもの》だった羽柴壮太郎《はしばそうたろう》の所蔵《しょぞう》するロシアの旧ロマノフ家の宝冠《ほうかん》をかざった六つの宝石が、二十面相によって予告した時間に盗《ぬす》まれます。そのおり二男の壮二君《そうじくん》は人質《ひとじち》として連れ去られ、身柄《みがら》とひきかえに、さらに羽柴家《はしばけ》の秘宝《ひほう》である観世音像《かんぜおんぞう》が請求されます。その時出張中だった明智探偵《あけちたんてい》に代わって、小林少年が出かけてゆき、みごと二十面相の鼻をあかします。こうして二十面相との知恵くらべはさらに発展してゆくのですが、小林少年の活躍《かつやく》に感激《かんげき》した羽柴壮二君《はしばそうじくん》らは、シャーロック・ホームズのベーカー・イレギュラーズもどきの「少年探偵団《しょうねんたんていだん》」をつくるのです。

『少年探偵団』は団員の一人である篠崎始君《しのざきはじめくん》の妹の緑《みどり》ちゃんの誘拐事件《ゆうかいじけん》からはじまります。団長の小林少年の意見に従って緑ちゃんを知り合いのおばさんの家に預けることになり、

男の子に変装《へんそう》した緑ちゃんを車に乗せたところ、いつもの篠崎家《しのざきけ》出入りの運転手と秘書《ひしょ》が、ほかの男にすり替《かわ》っており、二人とも賊《ぞく》の隠《かく》れ家《が》に捕《と》らえられてしまいます。

小林少年《こばやししょうねん》はぬかりなく団員の記章《きしょう》であるＢＤ《ビーディー》バッジを道に落としてゆき、それを手がかりに篠崎君の同級生の桂正一君《かつらしょういちくん》や、そのいとこの羽柴壮二君《はしばそうじくん》など七人の団員たちが隠れ家《が》をつきとめて警察《けいさつ》へ知らせたため、無事救出《ぶじきゅうしゅつ》されます。その隠れ家の主人春木《はるき》という人物は二十面相《めんそう》の変装《へんそう》した姿《すがた》でしたが、明智探偵《あけちたんてい》がそれを見破《みやぶ》った瞬間、二十面相は空中に消え去っていました。

さらに二十面相は、京橋《きょうばし》の大鳥時計店《おおとりとけいてん》から黄金塔《おうごんとう》を盗《ぬす》むと予告してきます。そこで時計店でも、警戒《けいかい》して本物は床下《ゆかした》に埋《う》め、替《か》え玉《だま》をいつもの場所に置くなどしますが、予告の日になって二十面相から床下の本物はいただいたということが伝えられ、そこへかけつけた明智探偵が、もう一度本物と偽物《にせもの》をすり替えておいたと告げ、同席している支配人こそ変装した二十面相だとあばきます。さすがの二十面相も明智探偵の眼識《がんしき》の前にたじろぎ、床下の秘密《ひみつ》の抜《ぬ》け穴《あな》から逃《に》げだしますが、明智探偵は相手の裏をかいてゆき、知恵《ちえ》くらべはつづきます。

二十面相と明智探偵に少年探偵団を加えた対決は、殺しを抜《ぬ》きにした知恵くらべのおもしろさがあり、平明でスリリングな文体の魅力《みりょく》もあって少年たちに広く愛読されたのです。

編集方針について

現代の読者に親しんでいただけるよう、次のような方針で編集いたしました。

一　第二次世界大戦前の作品については、旧仮名づかいを現代仮名づかいに改めました。

二　漢字の中で、少年少女の読者にむずかしいと思われるものは、ひらがなに改めました。

三　少年少女の読者には理解しにくい事柄や単語については、各ページの欄外に注（説明文）をつけました。

四　原作を重んじて編集しましたが、身体障害や職業にかかわる不適切な表現については、一部表現を変えたり、けずったりしたところがあります。

五　『少年探偵・江戸川乱歩全集』（ポプラ社刊）をもとに、作品が掲載された雑誌の文章とも照らし合わせて、できるだけ発表当時の作品が理解できるように心がけました。

以上の事柄は、著作権継承者である平井隆太郎氏のご了承を得ました。

ポプラ社編集部

本書は1998年10月ポプラ社から刊行
された作品を文庫版にしたものです。

文庫版　少年探偵・江戸川乱歩　第2巻

少年探偵団《しょうねんたんていだん》

発行　2005年2月　第1刷
　　　2024年10月　第33刷

作家　江戸川乱歩《えどがわらんぽ》

装丁　藤田新策《ふじたしんさく》

画家　佐竹美保《さたけみほ》

発行者　加藤裕樹

発行所　株式会社ポプラ社

東京都品川区西五反田3-5-8　〒141-8210

ホームページ　www.poplar.co.jp

印刷・製本　TOPPANクロレ株式会社

*N.D.C.*913　222p　18cm　ISBN978-4-591-08413-7

P8005002

文庫版　少年探偵・

怪人二十面相と名探偵明智小五郎、少